무너져 바람이 되고

무너져 바람이 되고

2024년 9월 27일　초판 1쇄 인쇄 발행

지 은 이 | 유임균
펴 낸 이 | 박종래
펴 낸 곳 | 도서출판 명성서림

등록번호 | 301-2014-013
주　　소 | 04625 서울시 중구 필동로 6 (2, 3층)
대표전화 | 02)2277-2800
팩　　스 | 02)2277-8945
이 메 일 | msprint8944@naver.com

값 12,000원
ISBN 979-11-94200-22-2

유임균 시집

무너져 바람이 되고

도서출판 명성서림

• 들어가는 말 •

할 말이 미리 정해져 있으면 걸림이 없고
할 일이 미리 정해져 있으면 곤란한 일이 없으며
행동이 미리 정해져 있으면 흠이 없고
방법이 미리 정해져 있으면 궁하지 않게 된다

세계적으로 유행하던 코로나 시기에 모두가 몸 움츠리고 쉬어 가던 시기 나는 그동안 활발하게 움직이던 사람이 갑자기 한가한 시간을 맞이하게 된다.
외부 활동은 할 수가 없고 그래서 한동안은 서예 작품에만 몰두해서 작업했다. 그러다 문득 내가 심리학을 해 보고 싶다는 생각을 평소에 하고 있었는데 이때다 싶어서 고희를 보내고 대학원에 입학하게 된다.
동기생이라야 전부 나이 어린 또래의 동기들이라 처음에

는 적응하기가 힘들었지만 서로 잘 소통하다 보니 나를 잊을 정도로 친하게 지내는 동기생이 되었다.
이후 코치전문자격증도 취득하게 되고 더해서 노인 심리상담사 1급 자격증도 취득하게 되었다.

코칭이라는 것이 누군가가 목표를 이루고자 할 때 옆에서 그 길을 잘 갈 수 있도록 같이 방향을 찾고 용기를 주어서 목표에 도달하게 하는 것이다.

서예는 오랜 기간 해 온 터라 초대작가로 활동하고 있는 상태였고 독서광이라고 할 만큼 한 달에 십 여권의 책을 읽고 있으며 이러한 독서가 나의 글을 쓰고자 하는 욕구를 더욱 부채질하는 것 같아 평상시에도 산문이나 시를 쓰고 있었고 문학협회 활동은 하지 않은 상태였기에 발표할 기회를 갖지 못하고 있었는데 신인문학상을 수상하면서 문협 활동을 하게 되었고 일 년에 2회 시화전. 1년에 한 번 동인지에 작품을 출품하며 활동을 넓혀 가고 있다.

평소의 나의 지론은 죽더라도 유명인이 아니니 세상에 이름을 남길 수는 없고 발자취를 남기자라는 생각이다.
발자취란 작품을 말한다.
서예가 되었든 시집이 되었든 나의 흔적을 남겨 놓고 싶다.
그래서 서예도 시도 산문도 열심히 쓰고 있다.
사회생활은 보통의 사람보다는 폭넓게 했다고 자부한다.

용의 머리가 있고 뱀의 머리가 있듯이
어느 정도가 되었든 정상에서 스스로 걸어 내려오는 것이
명예를 지키는 일이기에 기꺼이 나로 돌아왔다.

삶도 끝이 있는 것
명예롭게 살다 죽고 부끄럽게 살지 않겠다는 것이다
또한, 지금은 아무런 책임 없이 나를 지키는 일만 있다.
무엇을 하든 내 마음먹기 달렸다.

어떻게 살아왔든 후회는 남는 법
이 책을 통해서 내가 살아오면서 부족했던 부분을 언급하고 있다.
이랬더라면? 많이들 느끼는 말이다.
조금이라도 마음에 담아둘 수 있으면 좋겠다는 마음이다

아름다운 글로 사람의 마음을 평화롭게 해 주고 위안이 될 수 있기를 바라며 글을 쓰고 있다.
비록 부족하고 아쉬움이 남는 글일지언정 한 자 한 자 새겨 가며 읽어 본다면 작으나마 마음의 양식이 되지 않을까 하는 소망을 담아 글을 쓴다.

유임균

목 차

제1부 소망

제2부 새가 되어

제3부 인생길

제4부 행복의 조건

제5부 신비한 사랑

제1부

소망

짧고 굵게 가 아니고
가늘고 길게 가 소망

인생

인생은 끝없는 여행
때론 희망과 기쁨으로 가득 차지만
때론 어려움과 슬픔에 쓰러질 때도 있습니다
하지만
그 모든 순간은 내게 주어진 선물일 뿐
내가 이루어야 할 시련의 일부입니다

지친 발걸음에 상처가 많아도
한 발짝 한 발짝 나아가며
인생길을 걷고 있습니다
지친 발걸음에 상처가 남아도
앞으로 나아갑니다

인생은 끝없는 도전
어려운 일도 많고
지치는 순간도 많지만
난관을 극복하고 앞으로 나갈 때면
새로운 세계가 펼쳐집니다

인생은 행복과 슬픔이 공존하는 곳
어두운 밤이 지나면 밝은 태양이 떠오르듯
슬픔이 지나면 행복이 찾아오지요

인생은 짧고 소중하지요
매 순간을 소중히 여기고
이 긴 인생길을 한 걸음 한 걸음 하면서
새로운 꿈과 희망으로
오늘도 앞으로 나아갑니다

노을

태양이 서산 위로 올라가면서
하늘은 점점 더 밝아집니다
그리고 서서히 일몰이 시작되면
하늘은 붉게 물들어 갑니다

노을이 서산 위로 내려앉으면
하늘은 더욱더 밝아지고
구름에 그림자가 그려지며
바다는 노을빛에 물들어 갑니다

노을의 아름다움은
단순한 빛의 변화일 수 있지만
그 안에는 삶의 아름다움이 담겨 있습니다
노을을 보면서 삶을 되돌아보노라면
새로운 희망과 꿈이 생깁니다

노을은 언제나 변화하지만
그 안에는 변함없는 아름다움이 있습니다
노을을 보며
하늘의 무궁한 아름다움에 감탄하며
인생의 아름다움을 찾아갑니다

인생의 바다

우리는 태어나면
각자 자기만의 배에 오른다
어느 땐
항로를 벗어나 낯선 곳에 정박하기도 하지만
그런데도 끊임없이 노를 저어 앞으로 나아간다
이유는 단 하나
자신만의 바다를 건너기 위해서

그 바다를 건너는 일은 누구나 같을 수는 없다
저마다
사는 이유가 다르고, 추구하는 삶이 다르고
삶을 추구하는 가치가 다르고
원칙이 다르기 때문이다

누구에게나 바다는 있다
푸른 바다가 눈앞에 펼쳐 보인다
가끔은 등대를 보면서
어떻게 노를 저어 바다를 건너고 있는지
돌아볼 필요가 있지 싶다
한 번쯤은 ...

내 마음

천 개의 바람이 구름 속으로 흩어지고
집착도 욕망도 사라진
이 평화로운 시간에
마음을 비우고 자유롭게 떠다니는 구름 위에
나는 멈추고 생각에 잠기어
마음속의 물음표들을 찾는다

머뭇거리지 않고 바람을 따라서
바다의 푸른 저편을 향해 나아간다

나는 자유로운 존재로 존재하며
세상의 끝에 닿을 때까지 날아간다

천 개의 바람이 구름 속으로 흩어지고
집착과 욕망이 사라진 이 평화로운 시간에
나는 자유의 날개를 펴고
마음의 평온을 찾아 헤맨다

봄

봄의 주머니에서 꺼낸 이름들로
꽃마다 다른 이름으로 불린다
저마다의 이름이 있듯이
각각 얼굴과 표정이 다르듯
저마다의 자태로 봄을 맞는다

봄의 바람에 흔들리는 꽃잎들은
무엇을 속삭이는지
봄의 햇살에 물든 꽃잎들은
무엇을 노래하는지
봄의 비에 젖은 꽃잎들은
무엇을 바라는지

봄의 주머니에서 꺼낸 이름들은
꽃마다 다른 이야기를 담고 있다
저마다의 이름이 있듯이
각각 색깔과 향기가 다르듯
저마다의 꽃으로 봄을 장식한다

봄이 오는 소리

겨우내 숨죽여
낙엽만 뒹굴던
아주 작은 실개천
봄이 왔는가?
봄이 온 줄 아는가?

낙엽 사이로
개울물 졸졸졸

햇살 가득한
양지 뜰에 앉아 쉬노라니
들려오는 노랫가락
발장단 맞추니
저절로 흥겹구나

풀꽃

아침이슬 머금고
수줍게 피어 있는
너의 이름은 풀꽃

옹기종기 모여 앉아
빛 고운 자태 뽐내고
오색 빛깔 화려하게
꽃단장한 새 색신 양
님 오시기 기다리며

가느다란 목덜미
길게 늘어트리고
이제나 오시려나
저제나 오시려나
무심한 임 그리며
사랑 향기 날린다

매화꽃

살랑살랑
포근한 봄바람 솔솔 불더니
겨우내 앙상한 가지에 꽃망울 여물고

얼마 후엔
상큼한 바람 앞에선 백옥의 여신
온 세상 새하얀 매화꽃 천지

햇빛을 마시어 부드러운 향기 머금고
은하의 별들이 쏟아지는 이 밤
영롱하게 피어나는 예쁜 미소

매화꽃 흩날리는 길 걷노라면
숨길 수 없는 가슴속 그리움
품에 안은 포근한 그리움

좋고 나쁜 것이란 없다 ”
생각이 그렇게 만드는 것이다

윌리엄 셰익스피어

행복을 찾습니다

창 너머 아침 햇살
실눈 뜬 하루를 재촉한다
무엇을 찾기 위해
무엇을 얻기 위해
바쁜 종 종 걸음

손 뻗으면 잡힐 듯
눈앞에 아른대는
행복을 찾는다

행복은
잡으려 할수록 멀어지고
그래서 행복을 찾지만
행복은 찾는 것이 아니고
행복은 우리 마음속에
고이 간직되어 있거늘

행복은 내 가슴에 있어요
품에 담으면 행복입니다

아젤리아

사랑의 기쁨
봄이 왔어요 아젤리아
메마른 가슴에 살포시
사랑이 찾아왔어요
가만히 들여다보면
활짝 사랑의 미소를 보내요

따스한 봄날의 향기와 함께
사랑을 한가득 가져왔어요
매혹적인 자태 이기보다는
포근한 다정함으로 이끄는
어여쁜 아젤리아

붉은색. 하얀색 꽃단장하고
코끝을 당기는 은은한 향기
아침이슬 머금은 채 향기 뿜어
어서 오라 발걸음 재촉하네

그런 사람

나에겐
이 세상에 하나뿐인
사람이 있습니다

그 사람으로 인해
세상이 아름답고
행복한 세상입니다

그 사람으로 인해
힘든 일도
마음에 상처가 있을 때도
세상이 따뜻하게 느껴집니다

그 사람으로 인해
세상을 힘차게 헤치고
나갈 수 있었습니다

해가 날 때도
비바람 칠 때도 거침없이
앞으로 나갈 수 있었습니다

이렇게 살아온 나이기에
그 사람에게도 내가
그렇게 기억되면 좋겠습니다

소망

우리도 떠날 날이 오겠지
바라건대
온 세상 만물이 소생하고
새싹 움트고 꽃피는
그런 봄날이었으면 좋겠어

당신이 내게서 떠나는 날
아니면
당신에게 서 내가 떠나는 날
슬퍼하거나 노하지 말고
그저 덤덤히 잘 다녀오라고
마치 긴 여행 떠나듯
그렇게 떠나보냈으면 좋겠어

고이 보낸다 해서 어찌 슬픔이 없을까
가슴속에 오랫동안 간직했던
지금도 피려 하는 꽃망울은 어이할꼬

이제는 서서히 꽃망울도 시들겠지
새하얗게 수놓았던 꽃들도
우리와 함께 낙엽 지듯
서글픔 토해내며 우수수
땅바닥에 내려앉겠지

유월에

말없이 우두커니
바라만 보아도 좋다

햇살 가득한 날에
가만히 들여다보는 것만으로도
따뜻하다

신록이 파랗게 물들기 시작하면
분홍빛 덩굴장미

유월의 햇빛 받아 붉게 빛나는
너와의 만남이 행복이어라

너의 모습 가슴에 담고
몽글몽글 피어오르는 그리움으로
나는 행복합니다

가을을 기다리며

가을, 가을을 기다린다
꽃 만발하고 더위에 땀 훔쳐내지만
여름이 지나기도 전에
가을을 기다린다

내리쬐는 햇살과 지루한 장마를
무사히 견뎌내야 얻을 수 있는
맛있는 가을을 맞을 수 있다

분명 가을은 오고야 말겠지
누군가 등 떠밀지 않아도
풍성하게 한 아름 안고 오겠지

대낮 그늘에 앉아
아이스 아메리카를 홀짝이며
당신을 그리는 한낮이 여유롭다

가을 편지

가을엔 편지를 쓰겠어요
누구라도 좋아요
한낮의 햇볕들이 등 돌리며
이별하는 짧은 만남을 위해

뭉게구름 너울너울 흘러가며
한 겹씩 옷 벗는 뭉게구름
어여쁜 꽃구름이 되었어요
당신의 예쁜 모습 닮았어요

고개 들어 바라보며 당신 얼굴 그립니다
나의 뜰에 머물지 못하고
정처 없이 떠나야 하는 당신이기에
먼발치에서 기웃기웃 끄적입니다

하얀 유리창에 뿌연 입김 내뿜으며
사랑한다. 썼다 이내 지우며
행복한 미소가 슬픔으로 바뀝니다
누가 알까 봐 마음 감추며
못 부친 가을 편지 전합니다

”

어른의 사춘기
평범한 어른이 되었다는 것을 깨닫는 지점
어린 시절 품었던 이상을 떠나보내는 지점

행복

맛난 음식을 먹으면
생각나는 사람

멋진 옷을 보면
생각나는 사람

좋은 곳을 보면
생각나는 사람

해 질 녘 돌아온 나를
반겨주는 사람

외롭고 지칠 때면
살포시 안아 주고
위로해 주는 사람

힘이 들 때면
마음속으로 생각하는 사람

그런 사람이 있어서
나는 행복한 사람입니다

빈방

우리가 언제 보았을까?
기억조차 희미한데

우리가 정녕 만난 적은 있었나?
꿈을 꾸는 것은 아닌지

우리가 가까이서 무엇을 해 봤나?
눈이라도 마주쳤나

우리가 소매라도 스쳤나?
소매만 스쳐도 인연이라는데

아무리 둘러보아도
아무것도 남겨진 게 없어

오로지 새하얀 물거품처럼
투명한 기억뿐 남은 게 없어

기억을 떠올리려 하면 할수록
기억 저편에서 가물가물

기어이 빈방으로 남았구나

이 마음 그대는 아는가?

너를 보고 오는 길
뒤돌아보고 또 보고 싶다

밥을 먹으면서도 너를 생각한다
얼른 만나러 가고 싶다

이윽고 밤이 찾아왔다
얼른 자고 날이 밝기를 기다린다
그래야 너를 만나러 가니까

너와 있으면
왜 이리 시간이 빠른지 안타깝기까지 하다
또 네가 없으면 왜 이리 시간이 더디 가는지
그것도 안타깝다

먼 길을 떠나도 마음속에는 너와 함께하며
돌아올 때도 너와 함께 돌아온다

오늘도 , 내일도 또 모레도
나의 하루하루는 너와 함께
해가 뜨고 , 해가 지는구나

이 마음 그대는 아는가?
그대도 내 마음과 같은가?

당신을 만나고 싶습니다

당신과 내가
우리라는 이름으로 만났습니다
처음 보는 당신이지만
마음과 마음으로 만나는 것이고
사랑으로 만나는 것입니다
마음과 마음으로 만날 때
세상이 아름다워지고
우리의 만남이 시가 됩니다

우리는
하늘은 파랗고, 높은
천고마비의 계절에 만났습니다
따뜻한 차를 나누며
시를 논하고
예술을 논하고
음악을 들으며
서로를 위로하며
고달픈 인생사
내일의 염려를 잊어버립니다

우리라는 그 이름 하나만으로
우리의 만남은 기쁨입니다
우리의 삶은
봄이면 꽃이 피듯
늘 필 수 없는 것
오늘의 삶이 힘들고 슬플 때
우리라는 이름으로
당신을 만나고 싶습니다

황혼의 멋진 인생을 위하여

너는 늙어 봤냐?
나는 젊어 봤단다
젊음 지나 늙음 오니
청춘은 꿈결에 흘러가고
이제 황혼이구나

화창한 봄날처럼
싱싱한 젊음아
인생은 연습이 없단다
세월이 유수와 같다고들 한다
문틈 사이로 보이는 찰나만큼
세월은 지나간단다

지금의 젊음도 잠시
세월은 기다려 주지 않는단다
오늘 하루의 삶에
만족을 느끼면
행복이 찾아오고
불만을 느끼면
불행이 찾아올 뿐이니
결코 눈물로 시간을 낭비하지 말고

삶이라는 이름으로 지치지도 말고
사랑이라는 이름으로 구속도 말고
마음을 비워내니
이 어이 평화롭지 아니한가

노래 가사 말처럼
우리의 황혼은
늙어 가는 것이 아니라
익어가고 있는 것이라네
황혼의 멋진 인생을 위하여!!!

가을 연가

저 멀리 보이는 산등성이에
가을의 기운이 완연하다
여름내 안 보이던
다람쥐도 떨어진 밤송이 주우러
이리저리 분주히 달음질친다
여름내 푸르른 자태 뽐내던
산야도 서서히
노랑 옷으로 갈아입을 채비를 한다

한껏 불볕더위로 사람을 괴롭혔던
여름이
가을에 자리를 내어준다
어떻게 알았을까?
풀벌레들의 노랫소리가
풀숲 구석구석을 채우고 있다
시리도록 높고 푸른 하늘을 본다

덧없이 흘러가는 세월에
문득 생각나는 사람
그리워한 건 아니지만
떠오르는 사람
새파란 저 높은 하늘처럼
맑은 미소가 아름다운
그가 보고 싶은 건
가을이기 때문이리라

오랫동안 가슴에 묻어두고
보고 싶다 전하지 못한 그리움
오지 않을 답장을
기다리는 건
가을이기 때문이리라

문득 그리운 얼굴이 떠오른다
이맘때는 모든 것이 그리워진다

보고 싶어요

별 헤는 밤
어스름 달빛 비추니
당신 모습이 그리워요

가녀린 손 잡고 거닐던 그때
당신이 보고 싶어요

오늘은 유독 그리움 견디며
당신의 목소리라도 들으려 하는데
당신은 어디에도 없네요

당신은 구름인가요?
당신은 바람인가요?
누구나 바라보는 먼 허공인가요?

불러도 소리 없는 메아리
이제는 내 앞에 보여 줄 수 없나요?

그대 내 앞에 있었으면 좋겠어요
당신이 너무 보고 싶어요

바람아

정처 없이 흘러가는
너에게 묻고 싶다
그곳은 지금도 꽃 피고 새가 울 더냐?

너에게 묻는다
양지바른 언덕에서 해 질 녘까지 서성이며
나를 기다리고 있더냐?

사랑의 찬가 불러주던 그 노래
지금도 그리움 담아 부르고 있더냐?

바람아
나의 그리운 마음 바람에 실어
나를 기다리는 그대에게
곧 소식 전하마 전해다오

약속

손가락 걸었지
푸르름 노랑으로 만선이 되면
언제 그랬냐는 듯
허허 헛 웃으며
터덜터덜 힘 죽여 내게로 오기로

메타소콰이어 일렬로 늘어선
아직은 푸르름 가득한 등 뒤로 숨어
보일 듯 말 듯
은빛 날개 파닥이고
다가가려 하면 한 걸음 뒤로
너에게 가고파 하는 나를 보며
너는 미소 지었지

꿈속의 환영인가?
너는 거기 없구나

제2부

새가 되어

해 질 녘 하늘의 노을처럼
아름답게 인생을 채워보자

세상의 이치

세상의 이치
자연의 이치에 대하여

콩 심은 데 콩 나고
팥 심은 데 팥 난다는 말이 있다.
너무도 당연한 이치 아닌가

장미꽃이 예뻐 보인다고
뿌리가 장미인데
백합을 피우라고 하면
과연 꽃을 피울 수 있을까?
그렇게 요구한다면
당연히 잘못된 일이다.
그럼에도 불구하고
우리는 소망한다.

우리 자식들은 공부도 잘하고
좋은 대학도 가고
돈도 잘 벌어서 누구보다 잘 살고
몸도 건강하게 튼튼하기를 바라고
모든 좋은 것은 다 바라고
또 그렇게 만들기 위해 온갖 노력을 다 한다.

여기에는 금전적인 것과 정신적인 것까지 포함한다.

우리 시대적인 상황을 외면할 수는 없다.
사회가 그렇게 요구하고 있고 그래야만 살아남으니 어쩔 수 없는 선택이라고 항변할 수 있다.
그런데 과연 적당히 살아도 된다고 감히 말할 수 있는 사람이 있을까?
나부터도 애처롭다고 생각하지만 어쩔 수 없는 일 아닌가 체념한 채 몰아붙이고 있는 현실 아닌가.

부모보다는 더 나은 삶을 원하기에 아이의 의사와 상관없이 몰아가고 있는 것이다. 아이가 어릴 때는 흙장난하면서 자연과 벗하면 몸도 튼튼해지고 삶에 여유를 배울 수 있는데 그렇게 되면 다른 아이들보다 뒤떨어지니 조급한 마음이 생기는 것은 사실이다.

그렇다면 아이는 무엇이 하고 싶은지. 무엇이 되고 싶은지 과연 생각하고 있을까? 자신의 생각이나 자신을 파악하는 능력은 부족하다. 기껏해야 티브를 보면서 방영되는 내용에서 직업관을 갖고 그저 좋아 보이는 것에 자신을 대입하여 자신도 하고 싶다는 상상을 하게 된다.

너는 무엇이 하고 싶냐고 물으면 하는 대답이 그렇다. 바로 우리 손녀도 그렇다. 그렇다고 앞으로 그렇게 된다는 것은 아니다 더 커가면서 자신의 생각이 조정이 되겠지만 ...

서두에서 말한 콩 심은 데 콩 난다는 말은 이론적으로는 맞다.

다만 아이에게 부모가 좋다고 생각하는 것을 골라주려 하지 말고 아이의 선택을 존중하여 꽃을 피울 수 있게 하자는 것이다.

사람은 어느 곳에서 무엇을 하든
자기 다운 꽃을 피울 때 가장 아름답고 빛난다.
그 꽃에 스스로 가치를 부여할 수 있도록 알려주고 도와주는 것이 부모로서 현명할 것이다.

어떤 꽃을 피우느냐 보다
그 꽃을 통해 세상에 어떤 가치를
전할지 고민해 보는 것이 더 중요하다.

이 또한 지나가리라

한여름이면 폭우와 폭풍이 몰아친다.
저 먼바다에 항해 중인 배가 있다.
평온하기만 하던 바다에
뜻하지 않게 폭풍이 몰아친다.
폭풍은 선원들에게는 두려운 존재다
격량과 싸운다는 것이 어찌 쉬운 일이겠는가.

선장과 선원들은 폭풍과 사투를 벌인다.
이 태풍만 이겨낸다면 밝은 햇살을 볼 것이라는 믿음으로 온 힘을 다한다.

만약 이 태풍이 지나가지 않고 계속된다면 과연 선원 모두가 포기하지 않고 태풍을 이기기 위해 싸울 수 있겠는가.
아마도 자포자기해서 죽음을 맞을 것이다.

이겨내려 하기보다는 어차피 끝나지 않을 것이라면 배가 난파하는 순간을 지켜보면서 생을 마감할 준비를 할 것이다.

선원들이 태풍을 이기기 위해 최선을 다 하는 이유는 폭풍은 곧 지나간다는 사실을 알고 있기 때문이다.

이 순간만 잘 넘긴다면 다시 맑은 하늘과 고요한 바다를 맞아 평온한 항해와 휴식이 있다는 사실을 알기 때문에 희망을 갖고 폭풍우와 사투를 벌이는 것이다.

이런 말이 있다.
이 순간 어떤 어려운 일이 있어도
"이 또한 지나가리니"
항상 어려운 일만 있는 것은 아니요.
돌고 돌아 다음에는 웃을 일이 다가오게 되어있다는 믿음이고 모든 일은 시간과 함께 지나간다. 그러고 나면 좋은 일이 찾아올 것이다.

우리의 기나긴 삶에서 어찌 맑은 날만 있었겠는가. 흐린 날도 비 오고 눈 오는 날도 있었고 또한 헤쳐 나와 오늘에 이른 것이 아니겠는가.

좌절은 상황에 지나치게 빠져 있는 사람에게 찾아오는 법이다.
된다는 믿음이 없이 안 되면 어떡하지 라는 걱정에서 불행은 시작된다.

순리라는 것이 있다. 인생도 순리대로 살고 억지로 꿰맞추려 하거나 욕심을 과하게 부려서 일어나는 어려움이다.

믿음과 희망을 버리지 않는다면
좌절의 순간에도 분명 일어설 수 있고 이 또한 지나가리라.

지금 이 순간

우리는 때론 지나간 일에 대한 감성에 젖을 때가 있다.
그때 이랬더라면 어땠을까?
아쉬움이 남아서인가. 못다 한 것에 대한 미련 때문일까?
지난날에 대한 미련은 아무런 대가도 없다. 그저 아련한
마음뿐이다.

지나간 시간에 온 시선과 생각을 다 빼앗겨 현실을 망각
한다면 어찌 될까?
오히려 더 큰 사고가 나기 마련이다.
적당히 잃어버리기도 해야 새로운 것에 대한 의욕이 더
생기지 않을까?

지나간 과거의 일을 아예 잊어버린다면
기본으로 삼을 바탕이 없기에 가끔은 점검 차원에서라도
지나간 시간을 돌아보아야 하겠지만 과거에 함몰하지는
말자.

앞으로 나아가야 할 것은 지나간 시간은
가끔 살펴보자. 잘 못 된 것은 무엇인지 점검 차원에 서라
도 살펴야 한다.

집중해야 할 것은 지금 바로 이 순간이다. 지금 당장 차가 지나가는 이 길이다.
어차피 지나간 시간은 어찌할 수가 없다. 오직 내가 바꿀 수 있는 것은 현재와 미래뿐이다.

지금 방향을 어떻게 잡느냐에 따라 도착하는 목적지가 달라질 수 있다

햇살 좋은 오후

오랜만에 느껴 보는 여유로운 시간이다
산책하기 좋은 날씨다
자연이 준 호사를 누리는 날이다

무엇이 그리 바빠서 종종걸음이었던가
삶에서 가끔은 쉼이 필요하거늘

길가에 목련. 진달래가 흐드러지게 피었다.
피다 못해 잎은 떨어져 꽃길을 만들어 놓았다.
즈려 밟고 가시옵소서

문득 생각해 본다
꽃들은 새봄을 맞아 흐드러지게 피어서 한창 임을 알리고 있는데 나의 한창은 언제였었나 언제가 가장 황금기였던가

나는 항상 지금이 황금기라고 말하곤 한다. 왜냐고.
지금이야말로 이루고 싶은 것 웬만큼 이루었고 크게 부족함 없다고 느끼며 지금 하는 일로도 자신감이 있다고 해야 하나

한참 때는 앞뒤 안 보고 열심히 일했고 누구보다 열심히 자기 계발해 왔고 그러니 따스한 햇살 받으며 꽃길 걸어 보아도 되지 않을까?

나에 대한 보상이라 치자
내가 나를 사랑해 주지 않으면 평생 죽도록 일한 나는 너무 억울하지 않겠는가?

나를 위해 울어줄 사람은 누구인가?
나의 힘듦을 다독여 줄 사람은 누구인가?
햇살 좋은 오후에 여유롭게 꽃길 걷다 보면 내 인생의 봄날처럼 행복이 가득하여라

남의 떡이 커 보인다

어떤 사람이 낚시터에서 낚시를 한다
낚싯대 걸어 놓고 유유자적 서두를 일 없이 낮잠도 자가며 낚시를 하고 있다
이때 어느 기업의 회장이 옆에서 가만히 보니 유유자적하는 모습을 보면서 그 낚시꾼에게 묻는다
고기는 많이 잡았소? 하니
"먹을 만큼만 잡으면 되오" 라고 답한다
그러면서 낚시꾼은 회장에게 질문을 한다
당신의 꿈은 무엇이오?

회장 답하기를 지금은 열심히 일하고 있고 돈 많이 벌고 나서 이런 낚시터에서 여유 있게 낚시나 하면서 세월 보내는 게 나의 꿈이요라고 답하자,
그러시오?
당신의 보기에 내가 지금 그렇게 하고 있는데 안 보이시오

나는 지금 유유자적 고기를 잡아도 그만 못 잡아도 그만 먹을 만큼만 있으면 되니 부족함이 없소이다

글쎄 어떤 것이 맞을까?
인생에 정답은 없다. 각자의 주어진 삶 속에서 최선을 다
하는 삶이 아름다운 것이겠지
항상 남의 떡은 커 보이니까

관계에도 적당한 거리는 필요하다

산림이 우거진 울창한 숲 속에 자라는
나무들도 태양이 비추지 않으면 생존하지 못하거나 성장이 늦다.

나무들도 집단 서식지에서는 서로가 햇빛들 조금이라도 더 받기 위해 몸부림을 친다. 또한 햇볕을 많이 받으려니 옆에는 다른 나무가 무수히 많아 위로 쭉쭉 뻗을 수밖에 없다.
그러다 보면 대는 가늘고 키만 커진다.
이처럼 모든 관계에는 적당히 간격과 거리가 필요한 것이다.

인간관계에서도 처음에는 죽어 못 사는 양 매일 만나고 비비고 하지만 6개월만 지나면 벌써 시들해진다.
짧은 기간에 부딪히다 보니 서로의 장단점을 잘 알게 되기도 하지만 이내 호기심은 없어지고 흥미를 잃어버리게 되는 것이다.
무엇이든 호기심이 일어야 하고 관심이 있어야 자꾸 만나게 된다.
금세 식상해 버리면 별것 아닌 것이 되어 버린다.
이는 부부간에도 마찬가지 일 것이다.

무조건 찰싹 붙어 있기보다는 혼자 있는 시간과 함께하

는 시간이 조화로울 때 부부관계는 더 좋아질 수 있다고
생각한다.

부부란 같이 살기 시작하면서
왜 내 맘과 다르지?
왜 나만을 생각하지 않지? 등등의
상대에 대한 기대와 바람이 크다 보니
불만도 생기게 마련이다.

어느덧 시간이 지나면서 만족과 기쁨보다는 실망과 원망
이 크게 다가온다.
부모 자식과의 관계도 그렇다
요즘 유튜브를 보면 상당히 많은
관계에 대한 이야기가 나온다
자식도 품 안의 자식이란다.
옛날부터 나오는 말이다.

자식과도 적당한 거리를 가지고
왕래를 할 때 더욱 귀한 존재로
인식되게 된다.
서로 의지하지 않는 관계로 서로 부담을 주지 않는 관계
야말로 이상적인 관계인 것이다. 손자도 마찬가지다.

옛말에도 손자 귀엽다고 하면 할아버지 수염을 잡는다는 속담이 있다.

적당한 거리에서 각자의 삶을 살고 왕래 시에도 적당한 거리로 사랑하면 되는 것이다. 특히나 부모가 자식에게 부담이 되어서는 안 될 것이다. 또 자식도 품 안에 자식이라 했거늘 부모의 분신이라는 생각은 하지 말아야 할 것이다.

자식은 나이가 먹고 결혼을 하고 나면 품 안에 자식이지 내 품에서 내어놓아야 한다. 독립된 존재하는 것을 인정해야 한다. 자신과 동일시하지 말고 기대와 바람을 내려놓아야 한다.

애정 어린 시선으로 적당한 거리를 두면 그 사이로 바람이 솔솔 불어와 마음이 가벼워지고 그 거리만큼 자식들의 독립심이 자라날 것이다.

그러니 숲에 나무들이 햇볕을 찾듯 우리도 관계에서 적당한 거리를 둠으로써 보다 건전하게 서로를 위할 수 있는 관계가 되도록 사랑할수록 숨 쉴 틈을 마련해 주자

가을 숲

살랑이는 바람 속에
낙엽은 이리저리 흩날리며 떨어지는데
그리움은 가슴을 적시고
내 사랑은 아직도 여기 머물러있네

떠나버린 추억을 따라
나는 아직도 그대를 그리워하네
낙엽 하나하나 추억 되새기며
눈물 흘리며 그리워하네

가을 하늘에 날리는 바람은
내 마음속에 고요한 노래를 부르고
우리 사랑의 추억은 자꾸만 되살아나네
그대와 함께한 따스한 추억이

나뭇잎 떨어지는 가을 지나면
또 다른 사랑의 계절이 오겠지만
내 마음은 아직도 그대와 함께하네
그저
그리움만 남은 우리의 사랑을~~

여름밤의 꿈

어스름 달빛 내리는 여름밤
꿈결에 흩날리는 별빛이 불어와
마음을 설레게 한다

바람이 살랑이는 밤길
향기로운 꽃들이 미소 짓는다
여름밤의 시원한 공기에
사랑의 노래가 흘러나온다

나는 꿈속에 빠져
파도를 따라 헤엄치며
별들과 함께 춤을 추고
이 순간이 영원하기를 꿈꾼다

여름밤의 꿈은 아름다워
내 마음에 소망을 안겨 주네
이 순간을 영원히 간직하며
여름밤의 꿈을 꿉니다

이 밤 당신은 무슨 꿈을 꾸시나요?

”

밤하늘의 별을 따려고 손을 뻗는 사람은
자기 발아래 꽃을 잊어버린다

제러미 벤담

별 헤는 밤

창밖에 비친 별빛이 어둠을 밝힌다
하늘에 떠 있는 작은 별들이
나의 마음을 설레게 한다

저 멀리 은하수가 흐르고
그 안에 수많은 별들이 빛난다
나는 손을 뻗어 별을 향해
그리움과 소망을 담아 보낸다
별 헤는 밤
어둠에 묻힌 꿈을 깨워
별들과 함께 춤추며
하늘을 향해 날고 싶다
별빛 따라 펼쳐지는 환희의 세계로

별 헤는 밤
별들의 노래에 귀 기울여
나의 소망을 품고 빛나고 싶다

별 헤는 밤(2)

어둠 속에서 나의 별을 찾는다
하늘에 떠 있는 작은 별빛들이
나에게 속삭인다
“나도 너를 보고 있어”
작은 별 하나가 내려와 속삭인다
이 세상에 가장 아름다운 것은
큰 우주가 아니라
작고 조용한 존재인 것을

그 어디에서도 찾지 못할
수많은 아름다움과 온기가
내 마음 깊숙한 곳에 자리하고
언제까지고 아름답게 기억될
별 헤는 밤

별을 바라보며

따스한 바람이 부는 봄,
이렇게 유난히 아픈 건 왜일까요
내 가슴속에 아픈 추억이 담긴 채로 그댈 보내고
별을 바라보며 서성이다가 외로운 밤이 지나가네요

그댈 지울 수 없어 그댈 보내며 떠오르는 별 하나
그 별이 내게 해주는 속삭임을 들으며 슬픈 노래를 불러요
그댈 잊지 못한다고 속삭이며 별 하나에 고합니다

따스한 봄바람이 얼굴을 스치고
아름다운 꽃들이 피면서 그제 서야 별 하나가 내려옵니다
슬픔이 스며들었던 그때의 별이 되어준 기억에
이젠 그댈 잊으려 해 봐도 잊혀지지 않아
그 별 빛나는 밤하늘에
오늘도 두 손 모아 그리움 전합니다

봄 사랑

따스한 바람 불어와 버들잎 살랑살랑 흔들면
지금 이 떨리는 심장이 느끼는 것처럼
온 세상이 사랑의 향기로 가득 차오르는 봄을 느낄 수 있어요

우리 함께 걷는 이 길에서
작은 꽃 한 송이 한 송이가 노래를 부르고 있어요
이 순간이 멈추지 않길 바라며
서로를 바라보고 함께 걸어가는 이 순간을 기억하고 싶어요

하늘의 푸름과 우리의 마음이 하나 되어
이 세상 모든 것이 아름답게 느껴지는 시간 속에
그대와 함께 더 큰 꿈을 꾸면서
사랑하는 마음이 더욱 깊어질 것 같아요

이 봄날,
인생 최고의 순간 역시 지금이라는 걸 느끼며
이 손으로 그대 손을 잡고 우리의 미래를 보노라면
따스한 봄 사랑의 시간이 끝없이 이어져 갈 것 같아요

삶의 여정

20대 초반 막연한 삶
20대 후반 어렴풋한 진로
20대 ~ 30대 죽기 아니면 살기로
불안한 나이. 어느 정도는 방향이 정해 졌으니 달린다.
계속 달리지 않으면 뒤처지니까.
세상의 정해진 순서에서 낙오되지 않기 위해 쉼 없이 달린다.
지금 내가 어디까지 와 있는지조차 가늠하지 못한 상태로 앞만 보고 간다.
또래들은 같은 선상에서 출발하지만 40이 되고 보면 도착 지점이 달라진단다.
이 선에서 탈락하지 않기 위해서 어떠한 고난과 외로움도 견디며 달린다.

40~ 50대. 어느 정도는 경제적으로 안정권. 아직 멀었다.
이삼십 대 때보다는 여유가 있을 수 있겠지. 하지만 여전히 불안정한 상태에서 외줄 타기를 한다. 오히려 사회를 알기에 또 힘든 것도 알기에 머뭇거리기도 한다.
하지만 생존 경쟁에서 탈락하지 않기 위해 사회에서 낙오되지 않기 위해 여전히 외줄 타기를 하며 미래에 대한 확신 없이 불안한 마음으로 가슴 졸인다.

가정적으로도 아이들도 한창 성장하는 시기이고 고학년에 다닐 정도가 되기에 사오십대 가장은 숨 쉴 틈이 없다.

사회적으로도 어느 정도의 위치는 되는 나이이다. 하는 일도 전문가 입장은 되지 않을까. 지금 와서 직업을 바꿀 수도 없는 입장이다. 하는 일 끝장을 보아야 하는 나이다.

나이가 중간쯤 되다 보니 위에서 누르고 밑에서 치고 올라오는 잠시도 방심할 수 없는 나이다.
잠시의 여유도 없이 달려야 한다.
이제는 앞날에 대한 구상도 해야 하는 나이지만(퇴직) 전혀 진척이 없다.

답답한 마음에 소주 한 잔 걸치지만 누구 하나 나를 인정하지 않고 그저 돈 벌어다 주는 기계 정도로 생각하는 것이 서글프다.

무엇을 위해 언제까지 쫓기듯 살아야 할까? 버거움이 가슴을 짓누를 때면 세상이 잠시 멈췄으면 좋겠다고 생각한다.
하지만 세상은 나를 기다리지 않는다.

오늘도 내일도 변함없이 하루는 시작된다.

내가 힘들다고 세상을 멈출 수 있을까?
나를 멈출 수 있을까? 멈추면 어떻게 되는 건가?
내려놓을 수는 없다.

세상의 줄에서 잠시 옆으로 나와 숨을 고르고 다시 줄로 들어간다.
내 속도에 맞게 다시 걸어보자고?
세상이 그렇게 한가롭게 사정 봐줘 가는가.
나 아니면 다른 사람. 채우겠지.
이게 세상이요 현실이니까.

그럼 어떻게 해야 해?
세상이 나만 빼고 달리는 것 같을 거야.
나만 외딴섬에 유배된 기분일 거야.
인간은 사회적 동물이라 했다. 사회 속에 섞여야 저 스스로 불안하지 않은 거잖아.

이 모든 생각이 결국은 내가 만들어 내는 거야. 어느 누구도 나한테 전혀 관심이 없는데 공연히 자격지심에 내가 이렇게 보이겠지 하는 생각을 하는 것이지.

내 삶을 게을리할 수는 없다.
나만의 시계를 만들어 나만의 시간을 가지면 다른 사람의 등 뒤가 아니라 나를 위한 세상이 보일 것이고 걷게 될 것이다.

산을 간다 치자 열심히 앞만 보고 정상을 향해 올라갈 때는 산만 보고 오른다. 정상에서 물 한 모금 마시고 내려온다.
내려올 때는 천천히 주위를 둘러보는 여유가 생긴다.
이제야 올라갈 때 못 보았던 각양각색의 아름다운 꽃들도 눈에 들어온다. 아! 경치가 이렇게 좋았던가?
새삼 감탄사가 절로 나온다.

이런 이치가 삶의 이치인데 앞만 보고 사는 것도 선택이지만 한 번쯤은 옆도 보면서 숨 한 번 크게 들이쉬고 자신의 템포를 찾아 자신을 보듬어 보자.

새로운 내일의 희망이 보이고 새로운 활력이 생기지 않을까 생각한다.

그리운 아버지

그리운 아버지를 꿈속에서 만났습니다
실로 십수 년 만에 꿈속에서 만났습니다. 얼굴을 본 것은 아니에요.
꿈속에서지만 전화 통화를 했네요.
요즘은 IT 시대라지만 현세와 저승 사이에서도 통화가 되더군요.
단 한마디 "여보세요"가 전부지만요. 아쉬워요.
조금 더 길게 통화를 했더라면,
저승에 계시는 우리 아버지 평안하신 지 여쭙지도 못했어요.

부모와 자식 간의 고리는 끊을 수 없는 천생의 인연입니다. 어느덧 늙고 나약해진 아버지, 그렇게 세상을 떠난 아버지 지만 그 아버지라는 이름 안엔 그 옛날 집안을 지탱하는 본연의 당당한 아버지가 정좌하고 있습니다.
기일이 다가오니까 미리 찾아가마 하고 꿈속에 나타나셨나 봐요.
생전에도 그리 살갑거나 다정다감한 분은 아니셨지만요.
그저 묵묵히 우리 가족을 돌보셨던 분이지요.

사실은 부모님을 기억 저편에 두고 살았었는데 오늘 꿈속에서 아버지와 통화를 했네요. 신기하네요.
사실 다음 주면 어머니 기일이기는 해요. 어머니는 돌아가신 이후 딱 한 번 기일을 앞두고 꿈속을 찾아오신 적이 있는 것 같군요. 거의 꿈속에서도 찾아오신 적이 드문데 오늘 새벽녘 꿈속에 아버지와 통화를 했어요.
통화하면서 느끼는 소감은 목소리가 맑고 생전의 목소리라고 느꼈어요.
아마도 저승에서도 편히 계신 것 같아 마음이 놓이긴 해요.
벌써 영면하신 지 십오 년 정도 된 것 같아요.

나도 벌써 사후를 대비하고 아직은 시간이 있을 것이라 생각하며 준비를 하고 있는 나이가 되었어요.
나도 우리 자식들한테는 내가 느끼는 우리 아버지처럼 그저 무덤덤한 아버지가 아닐까 생각하네요. 다정하게 대하지도 살갑게 대하지도 못했고 그냥 제자리에만 있었으니까요. 우리 아버지도 그렇지만 나 역시 우리 아이들한테 사랑한다 소리 한 번 못했어요. 권위적이거나 엄하기만 한 아버지는 아니었는데도 우리 아이들과 한 걸음은 떨어져 있는 느낌이라 아쉽기는 해요. 젊어서는 먹고살기 바빠서 가족끼리 외식 한 번 하지 못하고 여행 한 번 제대로 못해 보고 그러고 살아왔지요.

내가 사회생활을 시작할 때는 바닥에서 시작을 하다 보니 맨땅에 헤딩하는 격이었어요. 그러다 보니 앞뒤 쳐다보며 여유를 부릴 시간이 없었지요. 그렇게 살아왔기에 지금은 남 부러울 것 없는 생활을 영위하는 것 일 겁니다.

우리 아버지께서는 생전에 우리가 어릴 적 직장 생활을 하셨는데 일 년 삼백육십오일 하루도 쉬지 않고 출근하셨던 것으로 기억합니다. 월급날이면 찐빵 한 봉지 사주시는 게 전부였고 유일한 주전부리였어요. 그 옛날은 차가 있는 시절도 아니었죠. 우리 아버지 월급날이면 자전거 뒤에 찐빵 봉지 매달고 힘차게 페달 저어 집에 오셨죠. 추운 겨울이면 김이 모락모락 나는 찐빵을 식을세라 덮고 또 덮어서 동여매고 집으로 달려오셔서
"얘들아! 이거 먹자. 따뜻할 때 먹자."
"어서 오너라"
그 말씀에 누가 먼저랄 것도 없이 안방으로 모여듭니다.

그때는 간식거리가 거의 없던 시절이었죠.
아! 여름이면 아이스케키가 있었군요.
얼음통 어깨에 메고 아~스케키! 를 외치던 시절이죠.
그것도 쉽게 먹을 수 있는 것은 아니었죠. 용돈이 없었지

요. 용돈이라는 자체를 몰랐으니까요.

아버지는 토끼 같은 눈망울로 기다리는 우리들 먹는 모습 가만히 쳐다보시면서 잔잔한 미소 지으셨어요. 지금 제가 그 입장에서 생각해 보면 내 새끼 입에 들어가는 게 제일 뿌듯하고 행복한 시간이 아니었을까 생각합니다. 지금의 저도 그러니까요.

그 시절은 보릿고개가 있었던 시절이라고 하는데 우리는 아버지께서 근면 성실한 덕분에 보릿고개라는 것을 모르고 살아오기는 했어요. 보릿고개가 봄이면 작년 가을 추수한 곡식이 겨울이 지나며 다 떨어져서 봄이 되면 먹을 것이 없는 상태를 보릿고개라고 하더군요.

우리 아버지께서는 술은 전혀 못 드시고 담배는 피우셨지요. 옛날에는 금연이라는 단어조차 사용하지 않았으니까요. 그만큼 가정에만 충실히 가족을 위해 평생을 사시면서 배부르고 등 따뜻하게 가족을 돌보셨던 분이랍니다.

내가 나이가 들고 아버지 때의 모습을 생각하니 꼭 아버지를 닮았더군요.

우리 아버지 돌아가셔서 장례를 모시는데 영정 사진을 보는 사람들이 내가 꼭 아버지 닮았다고 똑같다고 이야기를 많이 하시더군요. 맞아요. 똑 닮았어요.
내가 지금까지 살아온 모습도 우리 아버지의 삶과 같은 것 같아요.
오로지 내 삶을 위해. 가족의 안녕을 위해 어쩌면 누구나 그럴지도 모르죠.

우리 아버지도 누구의 도움 없이 맨손으로 시작해서 우리 삼 남매 키우시고 공부시키고 남부럽지 않게 먹고 살아왔지요. 흔히 말하는 외식이니 가족 여행이니 그런 단어조차 모른 채로 평생을 사셨던 분이지요.

나는 지금도 육류는 별로랍니다. 흔히 우리 내 가정식이라는 고추장. 된장. 김치류 이런 것만 즐겨 먹으니까요. 생각해 보면 고기도 먹어 본 사람이 먹는다고 지금도 그렇지만 우리는 일 년에 연례행사로 고기를 먹는답니다.
육류를 별로 안 먹어 봐서 그런가요? 그렇지만 아쉽지는 않아요.
설사 어려서 육류를 별로 안 먹어 보았어도 그것이 부럽거나 그렇지는 않았어요.

웃기는 얘기 한 번 할까요. 옛날에는 집집이 가을이면 김장을 배추 백 포기는 기본이었어요. 많은 집은 몇백 포기도 하는 것 같더군요. 우리 집도 보통 백 포기의 김장을 했지요. 그때는 김장을 서리가 내리고 추워져야만 했지요. 그땐 저장을 하기가 여의치 않았고 할 수 있다면 땅속에 독을 묻는 것이었지요. 김장하는 날은 옆집 아주머니까지 동원하고 품앗이로 김장을 했던 것 같아요. 그래도 수도는 있었어요. 빨간 대야 몇 개에 물 받아놓고 절임 배추 씻어가면 김장을 했지요. 어렸을 적이니 김장 날이 잔칫날 같았고 버무린 배추 얻어먹는 재미도 있었지요. 또 김장하고 나면 돼지고기 삶아서 버무린 배추하고 얻어먹는 날이기도 했지요.
김장 김치는 겨우내 김치찌개를 먹는 거지요. 요즘은 김치찌개에 돼지고기를 넣었지만 옛날에는 그런 게 어디 있나요.

옛날 우리 학교 다닐 때는 도시락을 싸갔거든요. 그런데 반찬이라야 콩나물 아니면 김치가 반찬이에요. 그런데 김치를 병에 넣어서 가져가다 보면 가방에 김칫국물이 흘러서 곤란했던 적이 많지요. 그 당시 교통수단이 버스밖에 없었고 그러다 보니 콩나물시루였죠. 그때는 앉은 사람이

서 있는 사람의 가방이나 물건을 받아 주었죠. 특히나 학생은 가방이 무겁잖아요. 대부분 학생 가방은 앉은 사람이 들어줘요.
어른들은 "학생 가방 이리 줘" 하고 가방을 받아 주고, 학생끼리는 "그저 묵묵히 내 것 인양 가방을 낚아채듯 받아 주었죠"
그런데 가끔은 이때 가방에서 김칫국물이 흘러 밖으로 분출되죠. 사고죠.
그런데 그때는 그러려니 했어요. 그래도 책망을 하거나 변상을 하거나 그렇지 않았죠. 아마 70년대를 살아오신 분이면 충분히 공감하실 내용이겠죠. 한 번쯤 경험해 본 이야기일 것이라 생각합니다.

김장 이야기를 더 하면 눈 내리는 겨울, 어머니는 김치찌개를 끓여 주시는데 그 당시 옆집에 미군 부대 다니는 집이 있었어요. 그 집은 미군 부대에서 깡통에 든 지금 생각해 보면 마가린이 아닌지 싶어요. 그것을 가져다 팔았는데 우리는 그것을 사서 김치찌개에 넣었나 봐요. 그런데 그 맛이 그 당시에는 그런 맛이 세상에 없는 줄 알 정도로 맛이 있었어요. 사람들은 지나간 시간을 회상하며 그때 맛있게 먹었던 음식을 먹어 보지만 그때 그 맛이 아니

야라고 들 하지요? 저도 그렇죠. 좋은 양념 다 넣고 김치찌개를 끓여 보지만 그때 그 맛이 안 나죠. 세월 따라 입맛도 변해서 그렇겠죠? 좋은 것 먹다 보니 입도 고급화되어서 그렇겠죠.
그 당시에는 조미료가 미원밖에 없는 시절이니까요. 지금도 조미료 살 때 조미료 달라고 하지 않고 미원 주세요. 그러잖아요. 대명사가 되어 버렸죠.

우리 아버지 시절 살아온 이야기가 길어지고 옛날로 회귀해서 감성에 젖어 보네요. 참으로 소중한 나만의 아름다운 추억입니다. 아마도 이런 이야기에 공감하시는 세대도 그랬어. 옛날에는, 그러실 것으로 생각합니다.

현대 사회를 살면서 우리는 물질적인 풍요를 누리고 있지만 그에 반하여 많은 것을 잃어가고 있는 것 엄연한 현실입니다. 그중 하나가 가정과 사회에서 중심을 잡아주던 어른들이 점점 사라져 가고 있다는 것입니다.

물질 만능의 사회는 인간의 가치관을 성공 위주로 바꿔 버렸으며 가정에서까지 돈 잘 버는 아버지, 능력 있는 엄마가 아니면 배우자나 자녀들로부터 진정한 어른 대접을 받기 힘든 시대를 살고 있습니다. 참으로 슬픈 일이 아닐 수 없습니다.
물질 만능에 찌들어가는 후손들에게 이 시대의 어른들이 꼭 하고 싶은 말이 있다면

"너희도 곧 늙는단다. 몸이 늙었다고 정신마저 늙은 것은 아니란다"라는
자조 섞인 한탄일 것입니다. 사랑은 내리사랑이라 했습니다.
이것이 이 세상 부모의 마음입니다.

70년대까지만 해도 우리 가정과 사회에는 분명히 어른이 있었고, 그 어른이 가정의 중심에 자리를 잡고 있었습니다. 어른은 꼭 지적인 수준이 높거나 재산이 많거나 무슨 엄청난 권력이 있어서가 아니라, 단지 집안의 어른으로서 모든 가족이 권위를 인정해 주었고 가족 간의 갈등과 분쟁이 있을 경우에는 어른의 최종판단 결과에 가족구성원 모두가 따라주었기 때문입니다. 그래서 늙고 병약한 노인일지라도 집안에는 어른이 있는 것을 당연한 것으로 여겼습니다.

여기에 아버지와 살아온 따뜻한 이야기를 하면서 아버지에 대한 경외심과 아버지에 대한 추억과 그리움을 적어 보았습니다. 돌아오는 주말이면 어머니의 기일이기도 하고 오늘 꿈속에서나마 아버지 모습을 뵙고 목소리를 들었으니 이참에 우리 부모님 산소라도 다녀와야겠어요.
전화 목소리지만 경쾌하고 맑은 음성이어서 너무 좋습니다. 꼭 현실이라고 착각할 정도의 선명한 목소리였어요. 보고 싶습니다.
아버지. 어머니 편히 계세요.

행복한 사람

새날의 여명이 밝았다
오늘은 아주 좋은 날

최면을 걸어 보자
나는 행복한 사람이라고

오늘 만나는 모든 사람과
행복을 나눌 것이다

힘들고 고단한 하루겠지만
좋은 사람들과 함께하니

생각만으로도 행복하고
멋진 하루가 될 것이다

새가 되어

손이 새가 되어 훨훨 날아갈 수 있다면

그 손이 아주아주 멀리 데려가 주었으면

창문에 다가가 하늘을 향해 손을 높이 치켜들었다

강력한 힘에 이끌려 하늘로 올라갈 준비를 마쳤다

손가락 사이로 비치는 푸른 하늘을 바라보며

손가락이 흐릿한 수증기가 되어 하늘로 날아오른다

눈이 내리면

아기 손 같은 솜사탕이
너울너울 춤을 추며 쏟아진다
너 참 아름답구나

주체할 수 없을 만큼 벅차오른다
네가 너무 예뻐 보여서
포근함에 안아 주고 싶구나

하늘에도 있고 , 땅에도 있고
빛깔 고운 장미꽃에도 살포시
졸 졸 졸 흐르는 시냇가에도 소복소복

펄펄 눈이 옵니다
하늘에서 눈이 옵니다
눈 오면 만날 수 있을까
너는 그 어디에 있느뇨
세상 어디에도 없는 너
먼 허공에 너의 모습 그린다

”

걱정은 내일의 슬픔을 덜어주는 것이 아니라
오늘의 힘을 앗아간다

코리 텐 붐

남에게 보여 주기 위한 삶을 살지 마라

우리는 이 땅에 태어날 때
두 주먹 불끈 쥐고
세상에 내가 왔노라
우렁차게 외치며 세상으로 나온다

세월이 흘러 청년의 시기가 온다
천방지축 모든 것을 다 아는 양
알량한 지식으로 폼 잡는다

세월이 흘러 어른이 된 우리는
겸손인지 자신감의 부재인지
최대한 자신을 감추고 살아간다

자신이 무엇을 하고 싶은지
자신이 무엇을 좋아하는지 조차
모르면서 남의 손에 이끌리듯
남의 눈치나 보면서
나를 위한 삶이 아니라
나를 보여 주기 위한 삶을 살고 있다

이 세상의 나는 유일한 존재다

누구도 나를 대신하지 못한다
내가 나를 사랑하지 않는다면
누가 나를 사랑해 주겠는가
정녕 남은 나에게 관심도 없다
그런데도 우리는 작은 행동 하나에도
남이 어떻게 생각할까를 먼저 생각한다

누가 어떻게 생각하든
내가 옳다고 생각하는 바대로
남에게 피해가 가지 않는다면
자신을 바로 세울 수 있지 않을까?

잃어버린 삶을 찾지 않으면
바짝 말라 뒹구는 낙엽처럼
가벼운 바람에도 힘없이 휘둘릴 것이다

기억하자
남이 어떻게 생각할까 고민하지 말고
남과 비교도 하지 말고
자신감을 가지고 남을 의식하지 말고
자신의 삶을 살자

내 삶은 내가 가꾼다

하루하루를 대충 사는 사람도 있겠지만
그냥 살아지는 삶은 없다
저마다 자신에게 주어진 삶은 사는 것이 아니라 만들어
가는 것이다
주어진 삶이 만족한 삶이든 만족하지 않은 삶이든
앞으로 살아갈 날을 만드는 것은 자신이다

태어날 때부터 누구는 금수저를 물고 태어나고
누구는 흙수저로 어렵게 태어난다
이것은 선택의 문제도 아니요
내가 결정할 문제도 아니라 선택의 여지는 없다
그렇다고 허송세월 불평만 늘어놓을 것인가?
하지만 인위적으로 바꿀 수 있는 것은 아니지 않은가?
바꿀 수 없는 것을 불평하는 것은 얼마나 시간 낭비인가

우리 자신의 생각을 바꾸자
어차피 삶을 바꿀 수 없는 것이라면
내 삶을 계획하는 것이다
내 삶에 최선을 다하고
내 삶에 감사하며 존중하고
만족하려 애쓰는 일일 것이다

태어난 환경은 바꾸지 못해도
나의 시작점은 바로 세울 수 있는 것 아닌가
얼마든지 도착점은 빨라질 수 있는 것 아닌가
내가 살아가면서 날마다 행복은 만들 수 있는 것 아닌가

설사 하늘에서 천둥 번개가 친다 해도
거기에 대처하는 것은 나 자신 아니던가
비가 온다고 하면 우산을 준비하면 될 것이고 그렇게 함으로써 나의 하루를 편안히 보낼 수 있는 것 아니겠는가
오늘을 어떻게 보낼지는 우리 스스로의 마음에 달려있으니 달려 봅시다

내 삶이 꽃길

지나온 삶을 돌아보니
삶이 버거운 날도 많았고
삶이 흐린 날도 많았다
문득 뒤돌아보니 깊게 파인 웅덩이가
눈에 들어온다

누구는 아름다운 꽃길만 걸은 것 같고
누구는 아름다운 세상을 사는 것이 느껴지는데
내가 걸어온 길만 울퉁불퉁한 길인 것 같아 서글프다
누구보다 열심히 바르게 살아왔다고 자부하고 살아왔건만
남는 건 미련이요 아쉬움뿐이라

사람의 인생은 멀리서 보면 희극이고
가까이서 보면 비극이란다
누구나 내면을 들여다보면 아픔도 있고 슬픔도 있는 법
사는 게 다 거기서 거기라고 하는데
남의 떡이 커 보이듯이
남의 삶은 꽃길처럼 보일 뿐이다

옆길로 눈길을 돌려 보자
무엇이 보이는가?
곁에 두고도 보지 못하는 것은 없는가
길가에 흐드러지게 피어 있는 꽃들이 보일 것이다
어여삐 어루만져 보자
비록 이름 모를 꽃일지언정
나의 길을 아름답게 수놓아주는
꽃들도 있는데 얼마나 소중한 일인가

꽃길을 찾아 헤매지 말자
꽃길을 따로 찾을 필요 없이
내가 살아온 길이 또 살아갈 길이
꽃길이라는 것을 잊지 말자

내 삶이 꽃길이라는 것을....

좋아하는 일을 하며 살 수 없을까?

사람을 움직이는 동기는 어디서 비롯되는가?
자기가 가지고 있는 흥미. 호기심. 자기 만족감이 있고 자기가 좋아서 하는 일이냐 아니면 외부 자극에 의한 보상이나 처벌에서 인센티브를 받기 위해 하는 일이냐에 따라 달라진다.

우리는 살면서 자신의 의지와 상관없는 일을 할 수 없이 하는 경우가 무수히 많다.
어쩔 수 없이. 주어진 환경에 맞추다 보니 끌려가는 것이다. 이런 조건에서는 만족감이나 열의는 당연히 없을 것이다.

밖에서 뛰노는 아이들을 보자.
아이들은 모래성을 쌓고 금방 다시 쌓는다. 힘들여서 했음에도 다시 하는 것이다. 누가 시켜서 하겠는가.
그저 저 좋아서 하는 장난이다. 지루하지 않다.
마음이 내켜서 하는 행동이다.
좋아서 하는 행동이다.

우리도 이처럼 내가 좋아서 하는 일을 한다면 지치지 않고 평생을 할 수 있을 것이다.

의미 있고 가치 있는 일을 하고 있다고 생각한다면 힘들어도 즐겁게 그 일을 할 수 있는 것이다.

지금 하고 있는 일에 의미와 가치를 부여한다면 생각과 감정은 상호 작용하기 때문에 일을 점점 좋아하는 마음이 생길 것이다.

참 예쁘다

참 예쁘다
너를 바라보는 내 마음
너는 모를 거다
네가 얼마나 사랑스러운지
네가 얼마나 예쁜지

위에서도 내려다보고
길가의 나무와 꽃들도
바람결에 스치듯
너를 곁눈질한단다

너는 그냥 가만히 있지만
무심결 시선이 끌린다
너의 매혹에 빠져
너의 붉은 입술에 빠져
한 모금 사랑을 갈구한단다

이제 찬바람
살랑살랑 불어오면
노랑. 분홍. 빨간색으로
몸치장하고
맑은 바람에 피어 있는
가을꽃 한 송이로 피어나겠지

흘러갑니다

어느 곳에 있든
시간은 흘러갑니다

태풍이 불어도
바람에 실려 흘러갑니다

기쁜 일. 슬픈 일
뒤로 하고 흘러갑니다

마음은 솜털처럼
마음 가는 대로 흘러갑니다

내 운명의 끝자락 알 수 없어
세월 따라 흘러갑니다

제3부

인생길

기억하자
남이 어떻게 생각할까 고민하지 말고
남과 비교도 하지 말고
자신감을 가지고 남을 의식하지 말고
자신의 삶을 살자

가을 햇살

높은 가을 하늘 뭉게구름 떠가고
들판의 이삭들 고개를 숙였네
조금 있으면 더욱 고개를 숙이겠지

우리네 인생사와 무엇이 다른가
움켜쥐고 어찌할 건가
내놓아라. 내려놓아라

네 마음 편하려면
비워라. 너를 쉬게 하라
너를 위로하고 사랑하라

지난 시간은
한여름 날씨와 같이
맑았다, 흐렸다, 개였다
힘든 여정이었다

가을 햇살 깊숙이
마음속까지 밀려 들어와
잔잔한 호수처럼 고요해지고

가을 햇살은 과일을 농익게 하듯
우리를 고개 숙이게 하고
겸손이 무엇인지 보여 주었다

못다 한 말

사랑한단 이 말을
할 듯 말 듯 망설이다

꽃 지고 낙엽 지는데
이제는 할 수 있으려나

오늘일까 , 내일일까
사랑한단 그 말이
그리도 어려웠나

마지막 잎새

가을바람 찬바람
옷깃을 여밀 때

벌거숭이 나뭇가지
대롱대롱 매달린
마지막 남은 잎새

내려놓고 싶지만
미련이 너무 많아
바람 따라 살랑살랑

너 떠나면
깊은 고요 속으로 빠져들겠지

소망

우리는 많은 소망을 갖고 목표를 이루기 위해 열심히 살아가고 있다.

살아가다 보면 나이 듦에 따라 소망하는 목표는 달라진다.

하나의 목표를 향해 옆도 돌아보지 않고 앞만 보고 달린다.

그렇다고 누구나 목표하는 소망을 이루는가?

인생은 장기 레이스, 페이스를 잃는다면. 방향을 잃는다면, 원래의 자리로 올 수 있을까?

아무리 똑똑한 사람이라도 많은 대가를 치러야 자기가 원하는 것을 이룰 수 있다.

그것도 몇 가지밖에 이룰 수 없다.

그리고 자기 자신의 운명을 결정하기 위해서는 생각보다 더 많은 대가를 치러야 한다.

험난한 과정을 겪은 끝은
달콤한 사탕과 흠향할 수 있는 향기가 기다릴 것이다.

깊어 가는 가을

따뜻한 한낮의 오후
따사로운 햇살 받으니
벌써 이렇게 세월이 흘렀나!

얼마 전까지도 이마에 땀 훔쳐내고
그늘 찾아 몸 감추기 바빴는데
어느덧 햇볕 쬐는 것이
싫지 않은 때가 되었네

늘 앉아 바라보던 예쁜 꽃들과
푸르른 잎과 대추 알 성글던 나무도
가지 늘어트리고 대추 알 무수히
가랑비 내리듯 우수수 떨군다

꽃밭은 가을이 깊어 가고
주위의 나무도 가을이 깊어
잎사귀 떨구고 앙상한 초라함이다

익어가는 가을
가슴까지 시려 오는 외로움에
멀리 있는 너 그리며
슬픈 미소 짓는다

그리워 말자

너의 목소리가 들린다
실은 아무것도 없는데

나를 부르는 이 소리는
너의 소리가 아니던가!

어디에서 들리는 소리인가!
이따금 천둥 번개 치듯
너의 소리가 메아리친다

사랑한다는 외침인가!
그때는 몰랐는데
시간 지나 어렴풋이
너의 모습 그려진다

다시 못 볼 그리움이라면
그리워 말자, 내일은 잊자

반갑구나

봄, 여름 지나 가을 되니

나 여기 있어요 고개 내밀고

지난 계절 내내 숨죽여

풀 속에 숨었다가

가을 깊어 낙엽 지니

수줍게 얼굴 붉히며

아는 양하는 꼴이

반갑구나. 고맙구나

다시 너를 볼 수 있어서

인생길

가을은
인생의 삼 분의 이 지점
그간 어떻게 살았는지

고생하셨습니다
수고하셨습니다
여기까지 오느라 힘드셨지요

인생사 고비 굽이굽이 돌고 돌아
어깨에 무거운 짐 짊어지고
여기까지 잘 오셨습니다

이제 좀 쉬었으면
보따리 풀어헤쳐놓고
두 다리 길게 뻗어 보며
어이구 시원타
한숨 한 번 늘어놓으니

넉넉한 가을은
우리에게 쉼을 허락한다

참으로 애썼다
잘 살아와 줘서 고맙다
이제 좀 쉬어라

그래! 쉬어야 남은 인생
다시 떠날 수 있겠지

무너져 바람이 되고

쌓았다가 부수고
부서지는 모래알
세우려 마라

파도에 휩쓸려
다시 모래로 남을 것을

무너져 날아 바람이 되고
종終내에는 먼지가 되고
남는 것이 있다면
그것은 너일 것이다
그토록 사랑했던 너일 것이다

서러워 마라
원망도 마라
미련 없이 부서지는 모래성처럼

모래 한 줌 움켜쥐고
너만을 사랑한다
너른 가슴에 안아 보아라

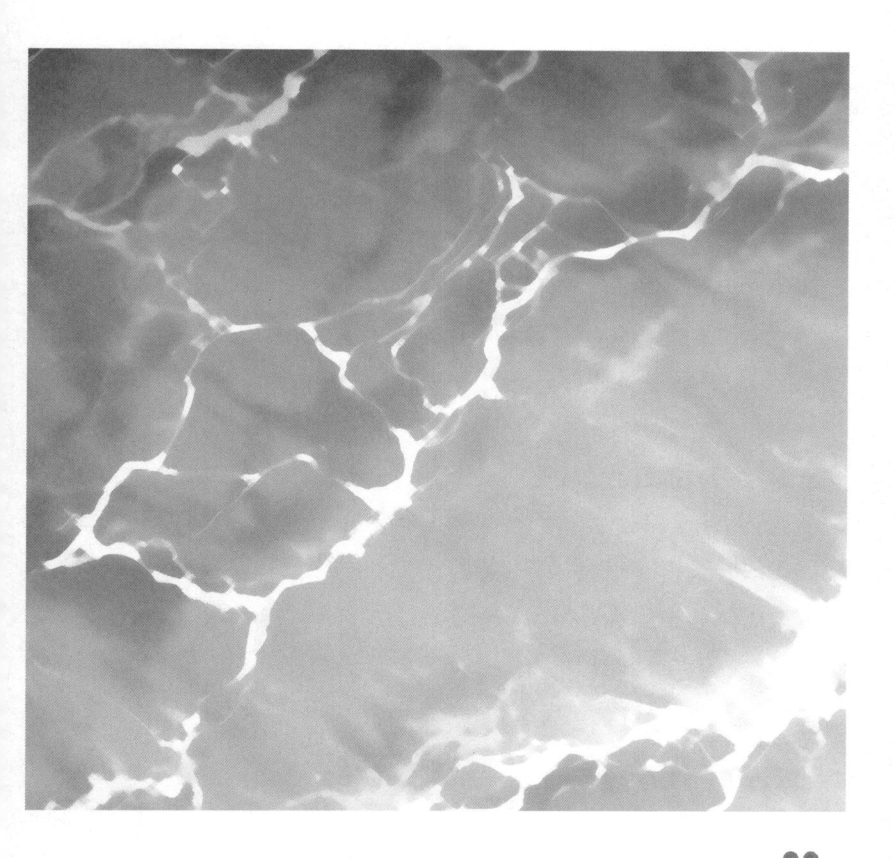

인생은 왕복표를 발행하지 않기 때문에 ”
한번 출발하면 다시는 돌아올 수 없다

꿈에서나마 보고 싶다

행복한 꿈 꾸기를 소망하며
때론 못다 한 사랑 나누고파
꿈속에서 만나기를 소망하며

모두 다 부질없는 소망 품었건만
동녘 하늘 붉은 햇살 비추니
소망은 간곳없고 허한 가슴만 남았네

자고 나면 산산이 부서질
허망한 지난밤의 꿈이여
아침이면 깨어날 꿈이지만
오늘 밤 꿈에서 보고 싶다

그리운 사람

아주 예쁜 여인을 마주할 때
그 여인이 내 곁에 있으면
얼마나 좋을까 하고 느끼며
그 얼굴이 떠오른다면
그것은 사랑일까?

아름다운 풍경에 취해
좋구나를 연발한다면
맛있는 음식 앞에 놓고
아무 생각이 없다면
그것은 외로움일까?

얼마나 더 아파야 사랑이 찾아올까?
얼마나 더 외로워야 사랑이 찾아올까?

고독이 주는 것들

고독은 오롯이 혼자만이
가질 수 있는 것

고독은 혼자이기에 온갖 풍성한
기회를 준다

고독은 자신을 뒤돌아보게 하고
인생을 관조한다

관계 맺은 사람들을 생각하고
공상에 빠질 시간과 여유를 선사한다

고독은 차분하고 평온하고 한적한
환경에서 하고 싶은 일을 하게 해 준다

관심사에 집중하며 자연이나 예술을
감상하고 정신수행에 몰두하게 한다

타인의 통제. 시선. 평가에서 벗어나
본래의 내가 될 기회를 준다

온갖 소리로 넘쳐나는 생활 속에서
고요함을 느낀다

누구나 외롭다

외로워 본 적 없는 사람은 없다

인간은 사회적 동물이라니 혼자 있으면
외로움을 느낀다
어쩌면 외로움을 느끼는 것이 인간의
공통점일 것이다

외로움은 자신과 타인이나 자연 혹은
다른 무언가와 연결되어 있지 않다고
느낄 때 느끼는 감정이다

어떤 무리 속에서도 외로움을 느낄 수
있지만 대개는 물리적으로 혼자일 때
외로움을 느낀다

외로움은 사람의 손길이나 접촉이
없을 때 느끼는 감정이다

우리는 관계를 맺고 관계를 통해서
타인과 깊이 교류함으로써 외로움을
극복할 수 있다

긍정적인 관계를 유지하며 서로
사랑하고 보살피며 염려하고 존중하고
인정하고 신뢰하며 의미 있는 관계를
통해 외로움을 극복하는 일이다

내가 세상을 살아 보니

내가 세상을 살아 보니
그 많든 가깝다고 호언장담하던 사람들
다 어디로 갔는가?

백 명의 친구가 있다면
그중에 몇 사람 정도는
내 곁에 머물 것이다

아주 극소수의 나와 뜻이 맞고
양보할 줄 알고 서로 겸양이 있는
그런 사람을 오기 기다리지 말고
그런 친구를 찾을 필요가 있다

대개의 주위의 사람들은 공통으로
느끼는 그대로 인식하고 바라볼 것이다
아무런 감흥도 없고 달리 눈여겨보려
하지도 않을 것이다

그러나 그중 몇 사람은 모든 사람이
너에게 등을 돌릴지라도 너를 믿어
줄 것이다

몇 사람의 친구들은 목적이 있는 만남도
아니요, 이해관계가 있는 만남도 아니다
누구에게 보여 주기 위한 만남도 아니고
서로를 이해할 수 있고 보듬어 줄 수
있는 만남이다

대개의 주위 사람들은 목적이 사라지고
이해관계가 다 하면 떠나갈 것이다
거기에는 성별도 있을 수 있고 세상을
살아온 나이테도 있을 것이다

그중에서 진실되고 겸양 있는 사람을
발견하고 그가 나와 뜻이 같다면
다른 많은 사람이 떠난다 해도
문제 될 것이 없을 것이다
그중에 몇 사람과는 세상을 유유자적하고
서로의 안위를 염려하고 안녕을
빌어줄 수 있을 것이다

어느 날 따사로운 햇살을 받으며
산책길을 나서더라도 이유 없이
웃을 수 있는 사람이다
서로에게 부담스럽지 않고
기꺼이 함께 담소 나눌 수 있는 그런
사람이다

그가 바르게 살아왔고 이해력이 있고
남을 배려할 줄 아는 사람이기에
이기심을 버리고 온화한 마음이
그러한 심성이 나와 같음을 알게
될 것이다

비가 올 때나 눈이 올 때나 우리는
누구나 부러워하는 몇 안 되는
인생의 동반자로서 함께 할 것이다

지금도 모르는 것

내가 다섯 살쯤 아주 꼬마였을 때
그것도 사내라고 우물가에서 큰소리쳤지
이웃집 아이에게 짓궂은 돌팔매 장난질
내가 골목대장이라고!

그때는 천방지축 무서울 게 없었다
그런데 열 살 무렵부터는
어인 일인지 새색시가 되었다
수줍은 각시처럼 있는 듯 없는 듯

스무 살이 넘으니 담배 꼬나물고
다방 테이블에 보란 듯 올려놓고
막 시작한 담배 한 모금 빠금 빠금
세상이 다 내 눈 밑처럼 보인다

그때까지도 몰랐다
내 인생이 어디로 가고 있는지
지난날을 회상해 보며 되돌아본다
그 길들이 어디서 와서 어디로
가고 있는지 난 아직도 알지 못한다

서른이 되니 조금은 알 것 같다
사랑과 열정. 삶과 돈에 대해서
그중에서도 사랑에 대해서 많은걸
알았다

사랑하면 모든 것이 아름답게 보이고
설레는 마음으로 비 오는 궂은 날씨마저도
시가 되고 노래가 되는 황홀한 세상이란 걸

불혹의 나이다 되었다
살아가다 보니 또 다른 배움을 얻게 된다
생의 가을 녘에 들어서서 지난 삶에서
경이로운 일들과 많았던 가슴 아팠던
일들은 잊혀졌지만
그래도 가장 행복했던 순간만큼은
잊혀지지 않는다는 것

젊은 시절에는 이 세상 모든 것을 다
아는 것 같았고 두려울 게 없을 것 같았는데
시간이 지나고 그 답을 찾으면 찾을수록
알게 되는 건 더 적었다

이제는 한겨울의 중간쯤에 와 있을까?
지난날을 되새기며 자문해 본다
어떻게 여기까지 올 수 있었는가?
어떻게 사는 것이 옳게 사는 것이었는가?

난 아직도 모르겠다
인생에는 정답이 없다고 하는데
삶과 사랑. 돈과 인간관계
그리고 살아온 열정에 대해서
그것들이 갖고 있는 정답에 대해서
결코 알지 못한다는 것

나는 결코 알지 못한다는 것을
알고 있다는 것이다

돌이켜 보면

새소리 바람 소리만 흘러드는 곳
조용히 눈감고 내면의 세계로 빠져든다
마치 최면에 걸린 듯 심연 속으로 깊숙이 빠져든다

마치 영사기의 필름이 돌아가듯 지난 시간이 투영된다
돌이켜 보면 지난날의 나의 마음은 혼란스럽고 경박했음을
알 수 있었다

소리 죽여 침묵의 세계로 빠진 뒤에야
지난날의 나의 언어가 소란스러웠음을
알 수 있었다

한참 동안의 시간이 흐른 뒤에야 수많은
시간을 헛되어 보낸 것을 알 수 있었다

너와의 만남을 거부하면서 너 때문이야
라고 자위했지만
지나고 보니 모두가 욕심이 앞서기 때문이었다
이렇듯 세상사 모든 것이 나의 부족 함에서 비롯되었다

과하면 부족함만 못하다 하였거늘
줄이고 비우고 베풀면 각박한 세상도
마음에 평화가 찾아오겠지

고추잠자리

햇살이 구석구석 되비치는 땅 위에
한낮의 내리쬐는 햇볕을 받으며
새빨간 고추잠자리 자유롭게
발 닿는 대로 날갯짓한다

높이 날지도 않고 머리 위에서 윙윙
어깨에 앉을 듯 말 듯
사람이 그리우냐 고추잠자리
두 팔 하늘 향해 휘젓는다

고추잠자리 나는 이 대지는
가을의 문턱에 서서
오곡이 고개를 떨구었구나
푸르던 잎과 새 파란 알알이 열매들이
누런 황금의 바다를 이루었구나

에헤야 풍년이구나!
땀방울 훔치도록 쏟아지는 햇볕에
무르익어가는 풍성한 열매들
고추잠자리는 가을의 전령
풍성한 수확의 계절이 왔음을

거위의 꿈

오늘이라는 현실 앞에 허겁지겁
바쁜 아침을 맞는다

매일 밤 꿈꾸는 꿈
내 가슴 깊숙이 보물과 같이 간직한 꿈
새날이 오면 헛된 꿈

세상은 정해진 순서대로 돌아가고
그 틀을 벗어날 수 없지만
그 틀을 벗어나기 위해 날갯짓한다

거위의 꿈은 한낱 허망한 꿈이라도
그 꿈을 믿는다
정해진 세상을 거슬러 당당히 맞이할
운명의 벽을 넘어서기 위해
오늘도 거위는 저 높은 하늘을
훨훨 나는 꿈을 꾼다

축복의 기도

오늘 한 여행자가 세상에 나왔습니다

이제 기나긴 여행을 시작합니다

그가 가는 길이 탄탄대로 평탄치만은 않겠지만

우리와 가는 길이 행복한 길이 되면 좋겠습니다

서두르지 않고 천천히 그렇다고 뒤처지지 않았으면 좋겠습니다

그가 가는 길에 순풍이 불고 따스한 바람이 그를 감싸 주었으면 좋겠습니다

그가 머무는 곳에 모든 이의 축복이 있었으면 좋겠습니다

그의 삶이 눈밭에 발자국이 남듯 지나간 걸음걸음이 빛났으면 좋겠습니다

그리하여 하늘엔 영광, 땅엔 축복이 있는 삶이 되기를 소망합니다

좋은 항아리가 있으면 아낌없이 사용하라 ”
내일이면 깨질지도 모른다

탈무드

그날이 오면

눈가에 촉촉이 눈물 머금은 채
무너져내리는 가슴을 부여안고
부서진 울음을 옷 속에 감춘다
그것을 따듯하게 위로해 주기 위해

어느 날 길 잃은 새끼 고양이나
날개 부러진 비둘기를 거두어 잘 보호했다가
그것들이 완쾌된 후 제자리로 되돌려 주지 않는가
그들이 자유롭게 뛰어놀 수 있도록

나의 무너진 가슴은
무엇으로 채울 수 있을까?
무엇으로 위로할 수 있을까?
내 마음은 내가 잘 보듬어야겠지?

내 마음이 치유되고 성장할 때까지
잘 어루만지고 보듬어서
언덕에서 치유된 새를 놓아주듯이
자유롭게 날도록 놓아주리라

어지러운 마음에 날개를 달고
너른 대지를, 너를 창공을 박차고
훨훨 날 수 있도록

그날이 오면
나의 메마른 텅 빈 가슴에 남는 것은
공허함과 쓸쓸함에 한 숟가락 더해
한 방울의 눈물만 남으리라

전하지 못한 말

사랑하는 사람이 있습니다
그대는 알고 있나요? 나의 사랑을
몇 번의 지나침과 어울림이 있었을 뿐
사랑하는 마음
사랑한다는 말
차마 건네지 못합니다
영원히 함께할 수 없기 때문입니다

나의 벗에게 섭섭한 마음
차마 모질게 전하지 못합니다
모진 말은 나에게 있어서도
벗에게도 상처로 남습니다
깨진 그릇 붙여도 자국은 남습니다
모진 말 들은 벗도 그 상처
오래오래 기억에 남을 겁니다

사랑하는 마음 전하지 못해도
가슴속에 고이 간직하고
보고 풀 때 살며시 꺼내 보렵니다

전하지 못한 벗에게 하고픈 말
그래도 사랑한다 전 합니다
벗이 있어 외롭지 않고
벗이 있어 차 한 잔 나눌 수 있으니
사랑하는 마음 아끼며 삽시다

감춰진 못다 한 말 있지만
사랑하는 마음 가슴 깊이 묻어두고
외롭고 슬픈 마음 달래며 살아 봅시다

가는 세월 탓해서 무엇해

세월은 유구하고
신록은 청청한데
터덜터덜 내딛는 발걸음
한걸음이 천 근이라

청춘의 기백은 간데없고
중년의 포부는 어디에 있느뇨
검은 머리 폭설 내려 눈밭이 되고
한걸음 걸음에 힘 넣어가며
이마에 구슬땀 손등으로 훔치니
화살처럼 지나간 세월의 탓이라

다 풀린 시계태엽처럼 느슨해져
세월 따라 바람이 이끄는 대로
오늘은 동쪽, 내일은 서쪽
정처 없는 발걸음 내딛는다

세월이 가는 것은 흐르는 물 같고
우리가 늙는 것은 바람결 같으니
청춘아 청춘 홍안紅顔을 자랑 말아라
덧없는 세월에 느느니 백발이니
세월을 탓하지 마라
원망도 마라
어차피 가는 세월이란다

꿈꾸는 나

누군가 나에게 나이를 묻는다
세월 속에 희끗희끗해진 머리를 보고
세월의 흐름 속에 잔잔한 물결일 듯
이마에 패인 주름살을 보고

나는 그에게 말했지
지금도 나이를 세어보고 있다고
왜냐고 묻는다
꿈이 없으면 늙은 것이고
꿈을 꾸고 있으면 아직은 젊은것이라고

무슨 꿈을 꾸시나요? 묻는다
이팔청춘의 세상을 제패할 꿈도 아니고
불혹에 거부가 되는 꿈은 더욱 아니고
소박하게 내가 살아온 세월에 대해서

내 마음을 사로잡은 시간과의 은밀한
밀회를 나누며 짧은 만남이 아쉬워
지난 시간 되돌아 그 자리에 섰노라
머물러 못다 한 꿈 다시 이루려 섰노라

왜냐하면
그 순간이 정말로 나의 모든 삶이었으니까

사랑한다

귀에 대고 속삭인다
사랑해! 하늘만큼 땅만큼

내가 너를 더 많이 사랑 하나 봐
언제나 내가 사랑 고백

너는 항상 듣기만 하고
어제도, 오늘도 변함없이
응! 어! 나도

나는 듣고 싶단다
사랑해!라는 그 말이
그리도 어렵더냐
사랑한단 한마디가

오늘도 줄다리기 사랑놀음
내가 져도 좋단다
언제나 내가 지는 사랑 게임
지고서도 행복한
너를 향한 이내 마음
사랑한다! 사랑 ~ 해!

제4부

행복의 조건

행복을 즐겨야 할 시간은 지금이다
행복을 즐겨야 할 장소도 지금 여기다
오늘을 후회 없이 최선을 다하자

희망이 있기에

인생을 살면서 누구나 희망과 절망을 경험한다
희망과 절망이 내면에 나란히 자리 잡고
둘이 어우러지게 균형을 이루어야 한다

절망이란 앞으로도 좋은 일이 없으리라는 암울한 느낌이다

희망은 좋은 일이 있다는, 바라는 대로 된다는 신념과 기대이다

희망은 삶을 빛. 열의. 열정. 미래지향적 태도를 채운다

희망은 앞으로 나아가고 역경을 넘어 힘든 상황에서도 자신감을 높여 미래의 성공을 위해 노력하는 동기를 부여한다

희망을 품으면 할 수 있고 견딜 수 있다고 느낀다

희망을 품으면 계속되는 행동의 물줄기 속에서 삶이 약동한다

희망이 있기에
삶을 좋게 유지하고 의미 있게 가꿀 것이다

나는 활기차고 에너지와 열정이 넘치는 오늘을 살고 있다

한 치 앞도 모르는 인생

내가 인생을 다 깨달은 사람이라면
나의 삶은 어땠을까?
세상을 달관하고 체념하고 살았을까?
아니면
세상 탓하며 꾸짖으며 살고 있을까!

내가 인생을 다 깨달은 사람이었다면
이 세상사 모든 것을 알고 있다면
이 세상이 얼마나 재미없는 삶이었을까

백발이 되도록 살아도 모르는 것이
인생이고
수많은 책을 읽고 또 읽어도
모르는 것 천지이거늘

새록새록 알아 가는 재미는 어떠한가?
앞 모르는 미래를 향해
꿈을 꾸며 사는 지금은 어떠한가?

만나도 만나도 재미있는 사람들과
함께 살아가는 재미는 얼마나 좋은가!

한 치 앞도 모르는 인생
부대끼며 사는 거지
나에게는 당신뿐이고
당신에게는 나뿐 인기라

고운 꿈, 고운 님

잠 청하려 자리에 누워
달빛 스며드는 창가에
반짝이는 별 하나
외로움인지, 그리움인지
나의 가슴속에 스며들어

나 홀로 잠 청하는 밤
나와 함께 고운 손 잡고
마음속 깊은 곳에 간직한
고운 님 만나지 않으련

별아! 이리로 오려무나
나의 곁에 머물러
님 향해 가는 길
등불 되어 밝혀주련

어둑어둑 어스름 어둠 속
밤새 창가 머물러
나와 두 손 잡은 밤
동창이 밝았구나

너는 떠나고 없구나
꿈꾸는 고운 밤
깨어 보니 꿈이었네

지금이 가장 좋을 때

사람들은 묻는다
좋은 시절이 언제였냐고

나는 답한다
지금이 가장 좋을 때라고

어릴 때는 걱정할 것 없어서 좋았고
조금 커서는 꿈이 있어서 좋았고
불혹에는 함께할 가족이 있어 좋았고

비가 오면 비가 오는 대로
눈이 오면 눈이 오는 대로
바람이 불어도 좋고
햇볕이 쨍쨍 이어도 좋았다

지난 시간에 아쉬워할 것도 없고
다가올 미래의 시간에 불안할 것도 없다
지금 이 순간보다 소중한 시간은 없다

밝은 태양이 솟는 아침이면
언제고 밝은 미소로 만날 수 있는
사랑하는 네가 있어 정말 좋은 때구나

인생은 일장춘몽

인생은 일장춘몽

어느 순간 문득 눈떠 보면

꿈속에서 잡힐 듯 말 듯

뜀박질 치지만 허공만 휘젓는다

황홀함에 함박웃음 미소 짓지만

깨어 보면 한낱 스쳐 지나는 바람일 뿐

인생도 그러하지 않던가

수많은 꿈을 꾸며

힘차게 페달 밟아보지만

뒤돌아보면 항상 제 자리

허망함에 허 허 허!

우리 비록 떨어져 있지만

무심결 문득
생각날 때가 있습니다
그럴 때면
그 만의 향기가 느껴집니다

새벽이슬 방울방울
옥구슬 사르르 미끄럼 타고
싱그런 탐나는 과일 향
그에게 한입
달콤함을 선물하고 싶습니다

산책로 산길에 핀
이름 모를 들풀 앞에서
참 곱다! 감탄하며
고운 설렘 전하고 싶습니다

우리 비록 떨어져 있지만
이심전심 메아리
영혼의 소리처럼
늘 함께하고 있습니다

옆에 같이 있다면
애달픔은 덜 하겠지
사랑하는 가슴앓이
두둥실 날을 겁니다

사랑이 슬픈 이유

사랑이란
좋아하고 소중히 여기는 마음

사랑은
모든 가치를 갈구하고 삶으로 파생되는 모태

사랑이 있는 곳에 삶이 있고 사랑이 없는 곳은 지옥

다른 누군가를 사랑하는 것은 신의 얼굴을 보는 것

사랑이란 인간이 혼자 있는 상태를 극복하기 위해 다른 사람과 이루는 연합

사랑이 아픈 이유는
혼자 가슴앓이를 하고 나를 위해서가 아니라 그 사람을 위해서 시간과 정성을 쏟기 때문이다

나의 아픈 마음을 어루만져줄 것이라는 기대는 나를 슬프게 할 뿐이다

손뼉도 마주쳐야 소리가 나듯이 사랑도 너와 내가 같이
하는 것인데 너의 가슴에 내가 없기 때문에 아픈 것이다

짝사랑하면서 애달파하지 마라
둘이서 하는 게 사랑이다
혼자 하는 사랑은
슬픔을 혼자 감당해야 하기에 슬프다

舞 (춤출 무)

삶이란 춤,

각자의 무대 위에서

한 발짝씩 내딛는 우아한 발걸음

아픔과 기쁨의 리듬에 맞춰

때론 서툴지만

그 자체로 아름다운 춤

우리는 모두 춤추는 별

어둠 속에서도 빛나는 영혼의 스텝

슬픔의 그늘을 벗어나

희망의 빛으로 나아가는 춤

인생의 무대 위에서

각자의 舞를 추며

서로 다른 삶의 이야기를 만들어가네

춤추듯 살아가는 우리 모두가

조화로운 교향곡을 만드는 거야

그러니 당신도 춤을 추어요,

두려워 말고

삶이 주는 음악에 몸을 맡기고

행복도 슬픔도 모두 포용하며

자유롭게, 그리고 당당하게

춤을 추어요

행복의 조건

가진 것은 부족해도 마음이 풍요로운 사람은 아무것도 가진 것이 없는 것처럼 보여도 누구보다 많은 것을 가진 사람이다

재물이 많아 남들이 부러워할 것 같은 사람도 내면을 들여다보면 마음이 추워 외로울 것입니다

몸이 추운 것은 옷으로 감쌀 수 있지만 마음이 추운 사람은 내내 한 겨울이겠지요

누구나 행복을 염원하고 소원하고 있지만 행복이 보이는 것이 아니니
내 마음속에 있고 스스로가 행복하다고 하면 행복한 것입니다.

사람의 생김새가 다르듯이 생각도 틀리고, 겉모양도 틀리고 성격도 다 다릅니다. 가진 것이 적다고 불행한 것도 아니요 많다고 행복한 것도 아닙니다.

행복하기 위한 조건은 많습니다
자기만의 행복의 기준이 있습니다. 하지만 남과 비교해서 자신을 비하한다면 불행한 삶입니다.

약속

누구랄 것도 없이 말없이
두 손 꼭 잡은 채 걸었다
아지랑이 피어오르는 그곳
그곳엔 우리를 품어 줄
무언가 있을 것 같아 걸었다

둘이서 아무도 모르는
풀벌레 소리가 있는 곳
밤이면 님 그리워 울어대는
개골개골 소리가 들리는 곳

말없이 손가락 깍지 끼고
사뿐히 걸어도 전해오는
너의 심장 고동 소리

오늘은 그랬다
내일도 그러자고 손가락 걸었다
우리의 마음이 전해지는 곳
함께 가자
우리의 날들을 위해서

우리는 각자가 답을 가지고 있다 ”
그 답은 틀린 것이 아니고 다를 뿐이다

삶의 여정 (인생 항로)

삶이란 바다를 항해하는
우리는 모두 항해자

끝없이 펼쳐진 바다 위를 항해하는 배처럼

삶의 여정은 때로는 잔잔하고 때로는 거친 파도를 만나지

우리는 각자의 배를 조종하며
목적지를 향해 나아가는 항해자

풍랑을 만날 때마다 용기를 내어
배의 돛을 올리고
키를 잡아 방향을 잡지

폭풍이 몰아치면 인내심을 가지고 버티고
맑은 날에는 평화로운 바람을 만끽하며
항해 중에는 아름다운 섬들을 발견하기도 하고
때로는 예상치 못한 보물을 찾기도 하지

그리고 가끔은
다른 항해자들과 길을 나누며
서로의 여정을 함께하는 동반자가 되기도 하지

삶이라는 바다는
끝이 없어 보이지만
각자의 목적지에 도달하기 위해
우리는 계속해서 항해한다네

그러니 당신의 항해가
언제나 희망찬 미래를 향해
평안하고 기쁨 가득한 여정이 되기 바라네

그대 향한 그리움

아마도 이 비는 밤부터 그랬나 봐
새벽녘 어스름 속에서
가냘픈 빗방울이 훌쩍훌쩍

창문에 아롱다롱 매달린
구슬처럼 맺힌 빗방울
그리움 담아 한 방울 두 방울
뿌연 연기 속으로 스며드네

비가 내리네
당신이 가버린 지금
유행가 따라 흥얼거리고

뿌연 창가에 서서
그대 얼굴 그리고 지우고
빗방울이 만든 파장처럼
그대 향한 그리움이 퍼지고

흘러내리는 빗방울
가냘픈 잎 하나 달고 있는
나뭇가지 타고 흐르는 빗방울
눈물처럼 보이는 건
비가 오기 때문일 거야
아니 너 때문일지도 몰라

새날의 바람

우리는 매일 아침 눈을 뜨면
새날을 맞습니다

우리가 맞이하는 새날은
열어보지 않은 호기심의 선물이고 아무도 알지 못하는
마음의 선물입니다

우리는 날마다 하나하나 열어봅니다
무엇이 담겨 있는지 모른 채 열어봅니다

내 마음과 몸이 따뜻해지고
발걸음이 가벼워지면
기쁨이라는 이름의 선물입니다

사랑을 느낀다면 사랑이라는
이름의 선물입니다

불평불만의 생각이 난다면
그것은 불평불만의 선물이 되겠지요

걱정을 품은 마음이라면
그것은 힘들고 괴로운 마음의 선물입니다

새날은 당신이 그것을 결정할 수 있도록 허락하는 선물입니다

당신의 하루하루가
사랑과 기쁨을 주는 선물을 선택했으면 좋겠습니다

너에게 전하는 말

바람 부는 이 세상
흔들리지 않는 나무 어디 있으랴
흔들리지 않으면 부러질 테지

이리저리 바람결에 흔들리지만
바람 막아주는 네가 있어
부러지지 않는 나무가 된다

무슨 사연으로 찡그리고 사는지
사연도 많아 하소연하지만
들어 보면 핑계 없는 사연 없어
뒤 돌아 혼자 웃음 짓는다

그까짓 거하고 넘어보자
그러면 고맙다 할 것이다
그러면 오히려 감사할 것이다

힘든 세상 아웅다웅할 일 없이
용감하게 살아남자
힘들어도 끝내 살아남을 수 있단다

우리 떨어 진지 오래지만
그래도 마음만은 간직한 채
격려하며 굳건하게 살아 보자
너도 그러기 바란다

가을이 오면

들판에 옥수수 노랗게 익어가고
보름달같이 둥근 탐스러운 수박
여름을 뽐내는 이글거리는 태양

가을은 저만치 뒷짐 지고 서 있는데
여름이 다 가기도 전에
가을을 가까이 오라 부른다

태풍이 불어와 천둥 번개를 몰고
지루한 장마와 불볕더위를 견딘 자만이
풍성한 가을을 맞을 수 있는 것

머지않아 가을이 나 여기 있소
풍성하게 한 아름 어깨에 메고
가을을 몰고 오겠지

다가오는 만추에는 호롱불 밝히고
은은한 불빛에 붉게 물든
너와 둘이 마주하고 싶다

사랑인가 봐

이 세상에서 가장 듣고 싶은 말
너에게 들려주고 싶은 말
너만을 사랑한다는 말

이 세상에서 오직
너에게만 보여 주고 싶은
행복의 미소가 담긴 내 얼굴

지금 나의 벅찬 감정을
너와 나누고 싶다
그리움을 너에게 보여 주고 싶다

말로 하지 않아도
가만히 있어도
이심전심 전해지는 마음
아마 이게 사랑인가 봐

진짜 사랑

사랑은 고뇌하지 않는 것
어디가 좋은지 묻지를 마라
조건 없는 사랑이 진짜란다

코가 비뚤어져도
예쁘게 보이는 게 사랑이고
예쁘지 않은 것을 예쁘게
보아주는 것이 사랑이다

좋은 모습만 사랑하는 것이 아니고
좋지 않은 모습까지도 좋게
보아주는 것이 사랑이다

때론 싫은 모습도 있겠지
처음엔 그 모습도 예뻤을 거야
시간 지나니 이상하게 보여
하지만 그 모습까지도
사랑해 주는 것이 사랑이다

> 인간은 자신이 틀렸다는 것을 인정하지 않는다 ”
> 더 큰 실수를 저지르는 어리석은 존재다
>
> 레온 페스팅거

너에게 가고 싶지만

찬바람 조석으로 살랑살랑
이미 멀리 와 버렸습니다
돌아가기엔 차마

꽃 피고 새 울며
새파란 대지가 살아날 때
손가락 걸어 만나자 했지만

어디쯤 어렴풋이 너의 형상
손짓하는 모양 가물가물
나를 오라 손짓하는 것 같아

가고 싶지만 , 그리웁지만
너무 멀리 와 버렸습니다

신에 대한 기도

신께 기도한다
보이지 않는 허공에 대고 기도한다
간절함도 없고
열정도 없고
심지어 의심조차 없이
신께 굽어살펴 주시옵소서 기도한다
행복을 달라고 기도한다

이렇게 믿는 신이라면
신을 믿는 것이 아니다
진정 원하고 간절할 때
우러름이 있을 때에야
신을 믿는 것이다

그것은 단지 신에 대한
그래야 한다는
생각을 믿고 있을 뿐이다

나의 이야기

지금의 나는 늙은 청춘
누군가 나이를 묻더군
세월의 흔적에 따라
흰 머리카락 늘어 백발이 되고
눈가엔 잔주름 파도를 치고

어느샌가 눈은 침침
귓가에 매매 소리 끊이질 않고
흘러간 세월이 야속 타 하지만
나도 내 나이가 궁금해

사실은 세어 보지 않았거든
화살처럼 빠른 세월
무슨 수로 세어보나?

살아온 날 중에는
내 마음을 사로잡을 만큼
소중한 추억들이 있거든

아무것도 세지 않지만
내가 살아온 세월이 중요해
소중한 날들에 입맞춤으로
간직하는 나의 짧은 순간이지만
그 순간이 진정 나의 삶이었으니까

세상을 음미하자

내 몸이 예전 같지 않음을 느낀다
인생은 70부터라는데
또 살면서 70이 되면
건강도 한 번은 꺾인다고 하는데
그래서일까?

휴대전화도 오래 쓰려면 충전을 80%만
하라고 그래야 오래 쓴다나
그만큼 잘 조절해서 쓰라는 말인데

우리는 과연 젊어서
우리 자신을 조절해서 쓸 수 있었나?
앞만 보고 달려온 세월인데
그렇게 살아왔으니
지금이 있는 것 아닌가?

걸음걸이조차도 조심스럽다
다리에 힘이 들어가고
자신 있는 보행이 아니다
자신 있는 척 처진 에너지를
끌어올려 보지만

억지로 끌어올린다고
바닥인 상태가 올려지지 않는다
아! 옛날이여 외쳐보지만
모두가 헛된 꿈 흘러간 청춘

다시 되돌리기는 어렵다
지난 시간 되돌릴 수 없듯이
지금 이 순간이
잘 짜인 인생 각본 아니던가
누구나 걸어가야 하는 순리

우리 몸은 말한다
천천히 쉬어가라고
빨리 갈면 앞만 보고 가지만
지금처럼 천천히 가면서
앞도 뒤도 보고
옆길의 꽃도 보고
이 세상의 아름다움을
천천히 느끼면 살아가라고

그동안 보지 못했던 것들
천천히 보면서 즐기라고
눈으로 보고 가슴에 담으라고
몸으로 알려 주고 있다네

제5부

신비한 사랑

인생에 있어 최고의 행복은 우리가
사랑받고 있음을 확신하는 것이다.

- 빅토르 위고

최고의 인생

어둠이 물러가고
여명이 밝으며
새날이 왔습니다

언제나 맞이하는 새날이지만
언제나 새로움으로 맞이합니다
매일 뜨는 햇살이지만
어제와는 다른 햇살입니다

지나간 어제도 있지만
지금 맞이하는 오늘이
가장 좋은 날이라 생각합니다

지금 먹는 맛있는 음식도
지금 하고 있는 일조차도
너무 귀하고 소중하고
오늘이라는 하루하루가
최고의 인생입니다

단양팔경

오늘이 그날이네
우리가 원하던 곳
팔경이 문제더냐
더위가 문제더냐

우리의 굳은 의지
다리 힘 움켜쥐고
힘차게 내 닫는다
남한강아 게 있거라

팔경아 너는 내가
보고 싶지 않았더냐
나는 네가 보고파서
한걸음에 달렸건만

너는 오늘도 그 자리
떠난 님도 그립고
오는 님도 반가워라

달밤에 찾아온 그림자
너 또한 그리움이구나

인생은 마음먹기 달렸다고 하잖아

오늘도 우리는 열심히 살아가고 있다
일등이든 꼴찌든 상관없이
각자 자기에게 주어진 삶을 열심히 살아 내고 있다
내 삶이 만족스럽던 만족스럽지 않던
어차피 주어진 삶이다

우리는 태어날 때부터 금수저니 흙수저니 하며 구분한다
태어난 우리는 선택의 여지가 없이 그저 태어났을 뿐이다
살면서 바꿔보겠다고 몸부림치지만 그렇게 만만한 것은 아니다

태어난 순서를 바꿀 수도 태어난 환경을 바꿀 수 없는 것을 억울해하면 무엇해
바꿀 수 없는 조건들에 매달려 본들 세월만 아깝지
세상은 그런 거야, 삶이 그런 거야
금수저 부러워할 것도 없고 흙수저라고 코 쑥 빼고 움츠릴 필요 없잖아
내 인생은 내가 만드는 거야

내게 주어진 삶을 수용하고 자신의 삶에 최선을 다하는 거야
내게 주어진 삶에 감사하며 내 인생을 존중해 봐
그러다 보면 나의 삶에 만족할 수 있고 나도 금수저가 될 수 있을 거야

매일매일 주어지는 오늘이라는 날을
어떻게 보내느냐에 따라
자신에게 주어진 삶이 금수저가 될 수도 흙수저가 될 수도 있음을

운명은 하늘이 정해주는 것이 아니고
내가 정하는 거야
인생은 마음먹기 달렸다고 하잖아
오늘도 내 운명에 도전장을 내 보자

돈의 주인이 될 것인가 돈의 노예가 될 것인가

우리가 살아 있는 동안은 아니 죽을 때도 돈은 필요하다
필요악이라고 한다
꼭 필요하지만 또 부질없는 것이기도 하다

사람들은 돈을 수중에 넣기 위해 온갖
수단 방법을 가리지 않는다
왜? 그토록 돈에 집착할까
돈이 많다고 하루 네 끼 밥을 먹는 것도 아니고 삼시 세끼
고기반찬만 먹는 것도 아닐 텐데

저수지에 물도 자꾸 고이기만 하면 넘쳐 홍수가 나는데
돈 모으는 것을 인생의 목표 인양 돈만 보고 쫓아 인생을
산다
남한테 십 원 한 장 쓰는 게 아까워서 구두끈만 매는 사람
죽을 때는 빈손인 줄 알면서도
끝없이 움켜쥐려고 한다

내가 살아 보니 일용할 양식 있고 등 따습게 누울 곳만 있
다면 그 무엇이 부러우랴
돈은 있되 잘 쓸 줄 알아야 하는 법
돈은 우리가 살아가는데 필요한 도구일 뿐이다

돈을 나의 호구만을 위해 쓰기보다는
길가에 핀 이름 없는 꽃들도 꽃을 피워
만인에게 향기를 전하지 않는가
대가를 요구하지도 않는다

돈이라는 재화를 더 좋은 가치와 더 좋은 수단으로 쓰면
좋지 않은가
돈의 노예가 된 사람은 자기 주머니만 생각하지만
돈의 주인인 사람은 주위를 생각한다
돈은 교환하며 순환을 해야만 동맥경화에 걸리지 않는다

돈을 벌겠다는 목적은 필요하다
다만 그것을 어떻게 쓰느냐에 따라 가치가 달라진다
돈의 주인이 되어 좀 더 가치 있고 유용하게 쓸 수 있는
것이 무엇인지를 생각해 본다면 돈의 주인으로서 아름다
운 인생을 살 수 있을 것이다

풍성하게 주는 자연에 감사하자

올여름 무더위가 기승이다
아마도 최고의 더위라고
무더위와 싸워 이기려
구슬땀 흘리며 고군분투 중

어느덧 한낮 햇볕은 정수리를 달구고
자연 속 계절은 다음 계절을 준비한다
저 들판의 곡식도
저 과수원의 사과도
가을을 맞을 준비를 하고 있다

내리쬐는 태양 볕을 온전히 받으며
튼튼하고 풍성한 몸을 만들기 위해
최고의 절정의 순간을 맞이하기 위해
내리쬐는 불볕도 마다치 않고 품고 있다

봄에는 꽃피우고 여름에는 열매 맺어
한여름 폭염과 폭우 속에서도 굳건히
열매를 키워내고 있다

이제 곧 찬바람이 불 것이다
찬바람에 찬 이슬 맞아가며
곡식과 과일이 풍성하게 익어 갈 것이다
새파란 열매들이 빨갛게 익을 것이다

우리 집 앞 대추나무
지금은 새파란 열매지만
머지않아 새빨간 대추로 키워지겠지

여름에서 가을은 자연의 섭리
여름은 제 몫을 다 하고
가을에 넘겨주려 한다

가을이 오면 풍성해지겠지
당연한 것으로 받아들였지
열매 키우려 고생한 여름에 고맙고
풍성한 열매를 내주는 가을에 고맙고
우리의 사계절이 있음에 감사하자

너를 사랑하기 때문에

고맙다고 말하지 못했다
고마운 줄 알지만 쉽지가 않아
왜 그럴까 내 마음

미안하다 꼭 하고 싶은데
차마 하지 못한 말
진짜 진짜 미안해

그렇게도 어려운가?
고맙다는 그 말이

그렇게도 힘든가?
미안하단 그 말이

아마 그건
너를 사랑하기 때문일 거야

속삭여 주세요

내 맘 알지?
우리는 이렇게 말합니다
그런데
진짜 아나요?

당신의 눈빛을 보고
그러려니 하지요
그냥 짐작일 뿐이에요

당신의 표정을 보고
눈치로 때려잡지요
그냥 짐작일 뿐이에요

말을 하지 않으면
귀신도 모른다잖아요
예쁘다
사랑한다
매일매일 속삭여 주세요
우리는 사랑을 먹고 산답니다

우리의 삶에도 봄날은 온다

나뭇잎 떨어진 길을 걸을 때면
고독하다 외롭다 일갈한다
강렬하게 내리쬐던 한여름의 햇살도
내 자리 찾는 가을에 등 떠밀려
자리를 내어주는 가을이다

푸름을 자랑하는 숲들과
꽃향기 물씬 풍기던 대지도
어느새 샛노란 옷으로 갈아입는다
가을이 왔음을 알린다

샛노란 단풍이 더 고운 빛을 내리면
머지않아 대지로 추락하겠지
떨어지는 낙엽을 보며
우리는 인생이 허무하다 외친다

우리네 삶도 그러하지 않은가?
태어나고 무럭무럭 자라고
세월이 가면 시들고 마는 것

인간에게는 윤회요
자연은 낙엽 지고 떨어지니
다시 돌아 봄이 되면
새싹이 움트고
새로운 절정을 향해 다시 피어나리

세상은 돌고 도는 것
있다가도 없는 것이고
없다가도 있는 것이다

그러니 아쉬워 말자
모두가 없어졌다고 서러워 말자
겨울이 지나면 다시 봄이 오듯이
우리의 삶에도 봄날은 온다

인간에 고하노라

아름다운 경치를 보노라면
잘 그려진 수채와 같다고 말한다
물감을 풀어놓은 듯 황홀한 풍광이다

인간은 자연 앞에 아주 작은 미물일 뿐
아주 작은 지진에도 지축이 흔들리고
땅이 꺼지는 위대함
그럼 에도 교만을 하지 않고
너그러움으로 다 내어주는 자연

자연은 거부할 수도 없고
우리는 자연의 일부로
자연에 묻혀서 살아야 하는 인간일 뿐

인간이 아무리 힘이 있다 해도
태풍으로 바람을 일으키고
폭풍이 바다를 삼키고
비를 거두고 강렬한 태양만 비춘다면
목마름에 기도하겠지

인간은 교만할 수 없겠지
저 잘났다고 목소리 높이고
인간의 작은 욕심으로
자연에 고통을 주지 말자

자연에 기대어 살아가는
세상 모든 인간들이여
인간은 한낱 생물에 불과할진대
자연이 모든 것 내어줄 때
겸손 하자. 고개 숙이자

벗들과 아름다운 추억 쌓은 하루

비 예보를 일주일 전부터 보는데
막상 당일엔 비가 안 왔으면 했지요
그런데 야속하게도
비가 내리고 말았네요

오늘은 비렁길을 걷기로 했거든요
여기는 처음이라 낯설어요
우리가 아는 둘레길은
쉬엄쉬엄 놀 멍하며
그렇게 가잖아요

그런데 이게 무슨 일입니까?
웬 언덕이 고갯마루 수준입니다
오르다 보면 내리막도 나오는데
여기는 도통 오르기만 하니
내리막길이 언제 나오려나

비가 온 덕분에 햇볕이 없어서
좋다고 했더니만
비 온다고 겉옷 입고 우비까지 걸쳤으니
이 찌는 듯한 더위를 어찌할까나

비는 추적추적 바짓가랑이 흠뻑 젖고
바닥은 물 머금어 미끄러운데
엉덩방아 십상이라 순식간에 철퍼덕
으악! 이게 웬일

그래도 함께 하니 즐겁구나
비 올 줄은 알고는 있었으니
비를 원망할 수 없고
길이 미끄러운 것은 당연지사
그래도 좋았노라
아름다운 하루였노라

소낙비와 함께 옷이며 신발에
묻어온 덤불까지도 소중한 하루요
우리 평생에 추억이 되었다오

달아 달아 밝은 달아

휘영청 밝은 달이 있습니다
어두운 골목길을 밝혀줍니다

그달을 머리에 이고
집으로 향하는 길 밝혀줍니다

문 앞에 다다랐습니다
눈앞이 환해집니다

오르는 계단 발걸음 따라
환한 빛을 비춰줍니다

이제 밝게 비추던 저 달을
하늘로 보내야 합니다

"

자기 삶을 통제할 수 있는 것은
성공할 수 있다고 자기 자신을 믿는 것이다

못 잊을 그리움

하늘에 물었더니
뭉게구름 두둥실
재 넘어가려다
가던 길 멈추고
길손에 묻는다

지금도 그리움에
달빛에 서성이고
꿈이면 깨지 마라
가슴앓이 상처로다

아직도 못 잊을 그리움
구름 편지 곱게 접어
꽃구름에 실려 보내
애달파 타는 불꽃
무엇으로 달래 줄까

이 밤 영롱한 달빛 받아
어두운 밤 밝혀주니
보고픈 님 사뿐사뿐
내 맘속으로
살포시 내려오네

홀로 걷는 길

멀리 갈 것 뭐 있나
바로 몇 걸음이면
맑은 샘물도 있고
약수터도 있고
어여쁜 꽃들도 지천인데

이렇게 좋은 곳을 두고 힘들게
먼 길 떠날 필요 있겠나
나 혼자 가는 길이라고
외로울 것 같지만
말동무 길동무 많다네

혼자 걷는 길이지만
힘들여 간다 해도
나쁘지 않은 것 같다오

꿈꾸는 지금이 좋아

혹자는 말한다
인생은 60부터라고
시대가 바뀌어 백세시대
인생은 70부터라고

내 인생 막차에 승차
머지않아 종착역에 닿겠지
그렇게 인생의 봄날은 가나 보다

그래도 꿈이 있어
펼쳐야 할 세상이 아직 넓어
아직은 봄이 끝나지 않았다

나의 꿈을 생각하면
새봄에 새싹이 돋듯이
연초록빛으로 움트고 있어

어느새 꽃망울 펴고
마음속에는 핑크빛 꽃들이 피어 있어

가슴은 불꽃처럼
활활 타오르는 장작처럼
들끓는 용암처럼 용솟음치고 있어

아직은 내가 있는 이곳이 좋아
내 꿈을 펼치고 싶은 욕망이 좋아
내가 오늘도 살아 있음에
긴 호흡으로 숨 쉬는 지금이 좋아

그냥 그렇게 사는 거야

고요가 묻는다 어떻게 지내냐고
나는 답한다
그저 이렇게 세월 따라 산다고

때로는 시원한 공기와 천지에 깔린
푸르른 풀 내음과 말동무 길동무하며
지저귀는 새들과 나란히 산책한다고

걸으며 듣는 세상 이야기
귓속에서 소리치는 흥겨운 노랫소리
옥구슬 같은 카랑카랑 목소리
짭짤한 세상 돌아가는 이야기
구수한 목소리에 걸쭉한 입담

어느새 시름 사라지고
발장단 맞추며 콧노래 부른다
세상 사는 게 뭐 별거더냐
그렇게 사는 거지

내 운명이 짊어진 짐
누가 대신 짊어질 것도 아니고
유유자적 유람하며
열린 세상길 따라
비틀대며 사는 거지

소중한 것

저기 웅장한 산이 있다
가지려 마라
그 아래 예쁜 꽃 피었다
꺾으려 마라
화음 맞춰 지저귀는 쪽박 새
데려 가져 마라
흘러가는 두둥실 뭉게구름
잡으려 마라

산은 가슴에 품고
어여쁜 꽃은 바라만 보고
새들의 울음소리는 멜로디
내가 꽃이 되고
예쁜 사람이 되어라

좋구나, 가슴 뭉클해
눈시울 적실 수 있으면 족하리
그것들을 내 것 인양
소유하면 좋겠다는 생각 하지 마라

그것들이 거기 있음에
우리 모두의 가슴이 찡하고
아름다운 모습을 볼 수 있으리니

가을의 길목에서

몽글몽글 맺혀있던 꽃송이
이젠 제법 활짝 피었구나

가만 보니
안 보이던 꽃들도 피었네

가만히 숨죽여 풀 속에 가려
오늘만 기다렸나 보다

너를 보니 이제
가을이 오려나 보다

나무들도 어느덧
가을을 맞으려 고개 숙이고
노랑 잎 물들려 하네

파란 열매 주렁주렁 매달고
힘겹다 하더니
새빨간 입술로 입 맞추자 하네

오늘도 너희들을 보며
아름답다고 엄지 척
세상이 참 예뻐졌다고 엄지 척

꽃이 있기에

세상에 존재하는 모든 꽃은
자기 자신을 불태워 세상을
황홀하게 장식한다

꽃은 멀리멀리 향기를 퍼트리고
꿀벌에게 꿀과 함께 꽃가루를 선사한다

꽃들은 꿀벌이 열심히 꽃가루를 나른
덕분에 열매를 맺어 씨앗을 퍼트린다

꽃들은 바람에 꽃가루를 실어 보내서
온 천지를 꽃밭으로 만들려 한다

뭇사람들에 매혹적인 향기를 전하고
스스로 고개를 떨구고 이별을 고한다

벌 나비가 꽃을 찾고 향기를 찾기에
꽃들은 고개를 세우고 도도하기만 하다

꽃이 있기에 벌 나비가 있고
꽃이 있기에 열매도 맺을 수 있고
꽃이 있기에 아름다운 시詩도 짓는다

세상에는 부끄러운 부자도 있지만 ”
떳떳한 가난도 있다

응원합니다

세상 사람들은 이렇게 말한다
"잘 되시기 바랍니다"
속으로는 안 되길
바라는 마음 가득하면서

또 누구는 말한다
"잘 되시기 바랍니다"
진정 잘 되기 바라는 마음으로

사촌이 땅을 사면
배가 아픈 게 사람 마음
누가 진정 잘 되기를
바라는 마음인지 궁금해

입 따로 마음 따로
속내 감추지 않고

정말로 진짜로
"잘 되시기 바랍니다"

오늘도 여러분 응원합니다

신비한 사랑

사랑은 참고 기다리는 것
늘 기다림의 연속
마음은 한걸음에 달려가지만
그것은 마음뿐

너에 대한 궁금증
날마다 새로운 느낌이야
어제 보고 오늘도 보지만
항상 새로운 사람처럼 느껴져

그래서 더욱 호기심이 일어나지
너의 눈망울 속에 비치는
달빛과도 같은 신비함

너의 목소리는 어떻고
방금 들은 목소리인데
또 들어도 새롭게 들리는 목소리

이런 맘을 무엇이라 하지
신선한 느낌으로
매일 새롭게 다가오는
너는 매일 새로 태어나고 있어

안부를 전하노라

우리 집 뒤뜰 정원
사실은 큰 산이지만
내가 노는 이곳은 나의 정원
누구라 뭐라 할 것 없고
내 손길 무성한 곳

나의 정원도 환하게 밝아졌다
불빛이어서가 아니다
새벽이슬 맞은 꽃봉오리
환하게 곱게도 피었다

정원의 주위도 점점
환해지고 아름다워지고 있다
정원의 모든 꽃이
서로 예쁨 뽐내고 있단다

가을이 무르익어가고 있다
가을꽃 활짝 피고
노랑 잎 물들어 떨어질 때쯤이면
찾아오마 손가락 걸었는데

잘 있거라
만날 날 기약하자꾸나

사랑하기 때문에 보냅니다

당신을 사랑합니다
새끼손가락 걸고 약속했지요
어언 세월이 흘러
굳은 맹세가 허물어졌습니다

이젠 당신을 영원히
사랑할 수 없게 되었습니다
그 약속을 지킬 수 없게 되었습니다

하지만 지금 이 순간까지도
당신을 사랑하고 있는 것은
분명한 사실입니다

지금 이 순간까지도
온전하게 당신을 사랑한다고
자신 있게 말할 수 있습니다

그럼에도 보내야 하는 이 마음
잡은 손 놓아야 하는 이 마음
하늘만은 알고 있겠지요
사랑하기에 보내는 이 마음을

이루어질 수 없는 사랑이기에
기어이 당신을 보냅니다
이것이 최선이기에 보냅니다

오늘 하루를 시작합니다

어스름 저녁 밤하늘
둥그런 달이 누런 황금빛을 토해내고
별빛과 더불어 세상을 밝힌다
마침내 아침이 밝는다
황금빛을 내던 달이 물러나니
그 자리에 오뉴월 땡볕이라도 되는 양
강렬한 햇볕이 자리를 차지하고 내리쬐고 있구나
한낮이면 누구랄 것 없이 햇볕을 피해 숨는다
싫어서도 아니고 필요 없어서도 아닌
자연의 섭리일 뿐인데
여름이면 겨울을 그리워하고
겨울이면 여름을 그리워하고
인간의 본성인가? 인간의 간사함인가?
반복되는 사계절의 윤회 속에서 살아가는 우리는 봄이면
새날을 열어 주고 여름이면 꽃을 피우고 가을이면 풍성한
곡식을 내어주고 겨울이면 아름다운 설국을 만들어주는
자연에 감사할 따름이고 자연에 기대어 살아가는 한낱 생
물일 뿐이다
지난밤 소낙비 한바탕 쏟아져 맑게 갠 하늘처럼 휘파람
불며 상쾌한 하루를 시작한다

잡초

바람에 실려 정처 없이
어디로 가는지 몰라
가다가다 힘들면
쉬는 곳이 머무는 곳
아름다운 꽃밭일지도 몰라
발길에 차이는 길가일지도 몰라
눈길 주지 않으면 없는 거야
오래 보아야 예쁘다 그랬어
지나는 발걸음 머물러
가만히 들여다보아 주면 좋겠어

무심無心

사사로운 마음이 없는 상태
자연에 존재하는 모든 것은
각자 자기의 자리를 지킬 뿐
옆을 넘보거나 덮으려 하지 않는다

성철 큰 스님의 말씀처럼
물은 물이요
산은 산이로다

인간사도 각자 자기의 자리에서
자기의 도리를 다한다면 다툼은
없을 것이요

모든 길흉화복은 욕심에서
비롯되느니 탐하지 말자
마음을 비우자 하면서도
비우지 못하는 것이 사람 마음

늙어 한 줌의 흙으로 돌아갈 인생
움켜쥐어본들 한 줌인데
갈 때는 그것도 놓고 가야 해
결국은 빈손 동전 한 잎뿐

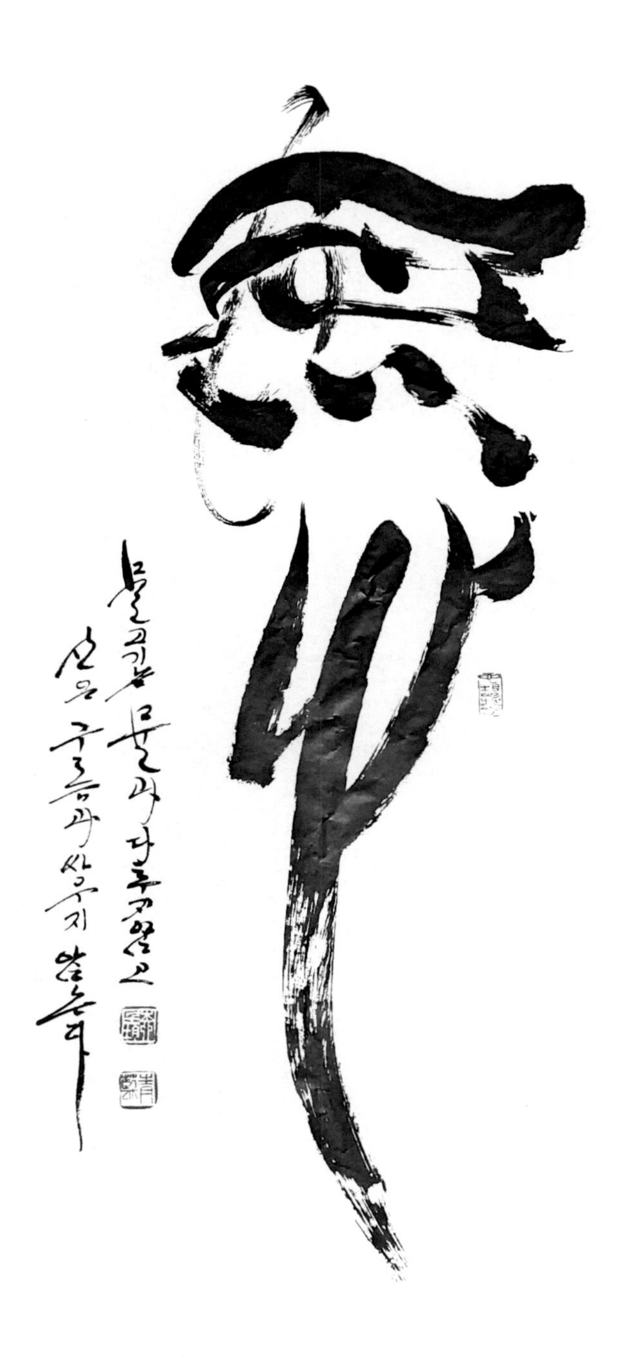
물고기는 물과 다투지않고
산은 구름과 싸우지 않는다

삶이란

눈 위에 난 기러기 발자국 눈이 녹으면 없어진다

(설니홍조)

즉 인생의 자취가 눈 녹듯이

사라져 무상함을 비유한 말

雪泥鴻
青藍

爪